獣人殿下は番の姫を閉じ込めたい

文月 蓮

REN FUMIZUKI

ノーチェ文庫

ルシアン
オオカミ獣人が治める
グランサム王国の王弟。
瀕死のブランシュを助け、
彼女の「運命の番（つがい）」だと
名乗り出る。
ブランシュ
人族が治めるオルシュ王国の末姫。
少し世間知らず。
公務での外遊中に、
乗っていた船が襲撃を受けて、
海に投げ出されてしまう。
登場人物紹介

レオン
砂猫獣人の少年。
シリルの従者。
シリル
砂猫獣人が治める
ロア公国の公子。
妖艶な雰囲気の美青年。
ヴァン
ブランシュの護衛。
献身的に主人に
仕えている。
クロエ
ブランシュに仕える
しっかり者の侍女。
猫獣人。

目次

獣人殿下は番(つがい)の姫を閉じ込めたい

夜の海

オルシュ王国の末姫であるブランディーヌ・ロワイエ――ブランシュは、船の上から夜の海を眺めていた。

昼間は穏やかな海も、夜になるとその表情を一変させる。

ブランシュは真っ暗な夜の海に、どこまでも沈んでしまいそうな恐怖を感じた。

夜空には道しるべとなる幾多(いくた)の星が瞬(またた)いている。膨(ふく)らんで満月に近づいていく月の姿は、いまは雲に隠れて見ることができない。

星の輝きが船を目的地へ導いているはずなのに、ブランシュはなんとも言いようのない胸騒ぎを覚えていた。

オルシュ王国の王族として生まれたブランシュは、半年ほど前に成人として認められる十八歳に達した。そして半年ほどかけた外遊に出されたのだ。

近隣の国々との親睦を深めるための外遊は、王族として重要な役割を果たす初めての機会であった。

彼女の母国であるオルシュ王国は、『唯人（ただびと）』の王が治める地だ。この世界において、他の種族の血が混じっていない純血の人族は『唯人（ただびと）』と呼ばれる。

周囲の国のほとんどは獣（けもの）の血が流れる獣人が治めており、唯人（ただびと）が治める国はとても珍しい。というのも、この世界では各国で実に様々な種族の者たちが暮らすからだ。唯人（ただびと）の治める地でも唯人（ただびと）と多くの獣人が生活しており、それは他国でも同様である。すなわち、各国の王はそれぞれの地であらゆる種族をまとめあげているのだ。

高い身体能力を誇る獣人は、その優（すぐ）れた能力で大陸の覇者（はしゃ）となったが、一方で繁殖力の低さに悩まされてきた。そんな獣人たちが目をつけたのは、高い身体能力を持たない代わりに、強い繁殖力を持つ唯人（ただびと）である。唯人（ただびと）を伴侶（はんりょ）にすることで、その血を繋いでいこうとしたのだ。こうして、唯人（ただびと）も獣人も平和裏に繁栄してきた。

様々な獣人の暮らす広大な大陸は、地図で見たときに西側が大きくくぼんでいる。このくぼみの中央あたりに浮かんでいるのがオルシュ王国だ。

四方を海に囲まれているため、近隣の諸国を訪ねるとなると、必然的に船旅となる。そういうわけでブランシュはいま、船に乗っているのだ。

ブランシュが乗船しているコンスタンス号は、オルシュ王家が所有する船で、三本の帆柱を持つ最新型の帆船である。

旅程は前半の予定——南のトゥアーク王国、東のジェノバ王国の訪問を終えたところだ。いまは次なる目的地である北東のグランサム王国へ向かっている。

天候はよく、あと数日もすればグランサム第二の港街マートンに到着するはずだ。

航海は順調で、歴訪した国々との間にも外交上の懸念はない。

それでもブランシュは嫌な予感を振り払えずにいた。

「姫様、風が冷たくなってまいりました。そろそろお部屋へ戻りませんか?」

すぐそばに控えていた侍女のクロエが、ブランシュに声をかけてくる。

「そうですね」

ゆったりと結い上げられたブランシュの柔らかな茶色の髪を、夜風が撫でた。

最上甲板の縁の手すりにかけていた手を離し、ブランシュはクロエを振り返る。

すでに夕食を終えて、あとは寝室で休むだけだ。ゆったりとした部屋着に着替えていたブランシュは、風に舞い上がった薄手のドレスの裾を押さえた。

(胸がドキドキする……)

先ほどから幾度となく感じる胸騒ぎに、ブランシュは首を傾げる。

そのとき、ふいに大きな破裂音が夜のしじまを引き裂いた。同時に船が大きく揺れる。

体感したことのない揺れに、ブランシュは大きくよろめく。

「姫様っ！」

ブランシュの護衛を務めるヴァンが駆け寄り、倒れそうになった彼女を支えた。

猫の血を引く獣人であるクロエは甲板に転がったが、すばやい身のこなしで起き上がる。彼女の三角の耳はぴんと立ち上がり、警戒を示す。

ブランシュはヴァンに支えられながら、マストの中ほどを見上げた。

マストの中ほどにある檣楼という半円型の物見台には、見張りが立っている。揺れる檣楼の上で、見張りが前方を示し、大声で叫んだ。

「敵襲！　敵襲だっ！」

早鐘が打ち鳴らされ、船員たちがばたばたと甲板の上を走り回る。

かがり火の数が増やされ、コンスタンス号は一気に喧騒に包まれた。

険しい表情で周囲を見回したヴァンは、ブランシュに声をかける。

「すぐに部屋へ！」

「はいっ！」

ブランシュはクロエと共に走り出した。

まずはブランシュが身の安全を確保しなければ、乗組員たちも安心して役割を果たす

ことができない。ブランシュは、周囲に目を配りつつ船室を目指す。

目を凝らしてみるが、敵の船は灯火をつけていないようで、船影すら見えない。

そのあいだも、大きな砲撃音と水音がなんども聞こえた。どうやら敵は砲撃を繰り返しているらしい。

その音が響くたびにクロエがビクリと飛び上がる。

ヴァンに先導されつつ、ブランシュは慎重に甲板を進んだ。

「姫様、お早く中へ！」

「ええ」

ブランシュは歩きながら、いったい誰がこんなまねをするのだろうと考えていた。

オルシュの旗を掲げて航行する船を襲うほど緊張状態にある国は、いまのところないはずだ。だとすれば、海賊かもしれない。けれど、これほど大きな船を襲うような大胆な海賊がいるとしたら、巷で噂になっているはず。しかしそんな話は耳にしたことがない。

ブランシュは必死に思案を巡らせる。

そのとき、すぐ近くでなにかがヒューンと空を切る音がした。

「姫様っ!!」

クロエとヴァンの鋭い叫び声と同時に、ブランシュは背中に衝撃を感じて宙に投げ出された。

ふわりと浮き上がるような嫌な感覚がして、次の瞬間、海面に叩きつけられる。

衝撃の所為で息ができない。

頭がぼうっとして、視界が闇に包まれる。波の音と砲撃の音、誰かの叫び声が、遠くに聞こえる。

（クロエ、ヴァン、ごめんなさい）

ブランシュの意識は、真っ暗な海の中に呑み込まれていった。

運命の呼び声

——番。

それは獣人にとって、魂の半身とでも言うべき引力でもって、惹きつけられる相手のことを指す。

獣人の鋭い感覚でしか捉えることができず、出会った瞬間に香りで気づくのだという。番同士にだけ感じることのできる香りは非常に芳しく、相手を魅了するらしい。

しかし、すべての獣人が番と巡り合えるわけではない。どの種族の獣人も番を求めてやまないが、番が見つかること自体が稀である。

獣人たちのあいだでは番と巡り合えることは奇跡だと憧憬をこめて語られる。

オオカミの獣人が治めるグランサム。この国の王弟であるルシアンも、多くの獣人の例に漏れず、ずっと己の番を探していた。

けれど家族以上に大切だと思える人には、いまだ出会えていない。

もちろん国民は大事だし、守るべき群れであることは承知している。しかしそれだけでは、ルシアンの胸に巣食う虚無感を打ち消すことはできなかった。

己のすべてを捧げるような恋がしたい。きっとその相手は番しかいない。

成長するにつれて、ルシアンはいつしかそう考えるようになっていった。

王位を継ぎ、忙しくしている兄には申し訳ないが、幸いにも自分は王弟という比較的自由な立場だ。その立場を利用して、なんどか番探しの旅に出た。

国中を巡ってみたけれど、いまだに番を見つけることができていない。時折ふらりと市井に現れる王弟の姿を、グランサムの国民は『またルシアン様の嫁探しが始まったか』と温かい目で見守っていた。

ルシアンは自室のテラスに立ち、夜空を見上げる。

月が雲で隠れた夜空は、星の輝きばかりで物寂しく感じてしまう。

（このまま、俺の番は見つからないのか……？）

ルシアンが成人してから十年ほどの年月が過ぎても、いまだ番は見つかっていない。

そろそろ番探しの放浪も潮時かもしれないと、弱気になる。

番さえ見つかれば、この胸にある空虚を埋めてくれるだろうに、その気配は感じられない。

（もう、この国の中には俺の番はいないのかもしれない）

獣人は同じ種族の相手を求めるのが一般的である。他の獣の血を取り入れ、獣人の特徴——獣相が混じることを嫌うためだ。

獣相が混じらないためには、同じオオカミの獣人を探さなければならない。ルシアンの知る番の夫婦は、ほとんどが同じ種族同士。しかし、時には例外があり、他の種族の中から番が見つかることもあるという。ただ、いずれにせよ国内は十分探しつくした。となると、ルシアンの番は国外にいるのかもしれない。

しかし、王弟であるルシアンが軽々しく国を出るわけにはいかない。ルシアンは自分の願いと義務の狭間で葛藤していた。

「どこにいる？　俺の……番」

つぶやいたルシアンの声に応えるかのように、星が瞬いた。

突如としてルシアンは、ある場所に行かなければならないという焦燥に駆られた。

これまでに感じたことのない強い焦りだ。

（南だ……）

それは、ルシアンの本能に呼びかけてくるような衝動だった。

ルシアンは躊躇なく服の腰帯を外した。素早く寝間着を脱ぎ捨て、テラスの床に落とす。

一糸纏わぬ姿となったルシアンは、膝をつき、四つん這いになって低くうめいた。

「……っぐ」

ルシアンの手足がみるみるうちに白い毛皮に包まれていく。

尖った耳はより大きく、尾骶のあたりのふさふさとした尻尾はさらに伸びていく。

ほんの一呼吸のあいだに、ルシアンの姿は人からオオカミのものへと変じていた。

完全な獣の姿――獣形をとることができるのは、王族のように力が強い者のみだ。

オオカミの姿でも、瞳の色は人の姿をとっているときと同じアイスブルー。銀色に輝く髪はそのまま全身を覆う毛皮に変化している。

ルシアン自身は、人形であろうが獣形であろうがさほど変わりはないと思っているが、周囲に言わせると獣形だと近寄りがたいらしい。

確かに獣形では人形よりもひと回り以上身体が大きくなる。必要な筋肉だけがついた、しなやかな四肢、艶やかな銀色の毛皮をまとった姿は、オオカミの獣人の中でも稀なほど力強い美しさに満ちていた。

ルシアンは空に向かって大きく吠えた。

「ウオオオォーーン！」

（俺はここだ！）

この時、ルシアンは気づいた。この焦燥感、衝動は、番が呼んでいるからに違いないと。

番の無言の呼びかけに、ルシアンは遠吠えで応えた。

だがその遠吠えに応じる声はない。

ルシアンは本能に導かれるまま、テラスから跳躍した。三階分の高さを飛び降り、危なげなく着地する。

そして兄である王に向け、出かけてくるとひと吠えした。

「ウオォーーン！」

ルシアンはすぐさま駆け出す。

王城の広い庭を駆け抜け、取り囲む城壁をひと跳びで越える。

そのとき、オオーン、という兄の呆れたような遠吠えが聞こえた。

(兄さん、すまんな)

番を見つけたあかつきには、きっと埋め合わせをすると心の中で誓い、ルシアンは人通りの少ない夜の城下街を一気に駆け抜ける。

疾走する獣を見て、すれ違う人々は目を瞠った。けれど銀色のオオカミが王弟だとわかると、黙って道を空けてくれる。

毛皮に覆われた四肢は力強く大地を蹴って、景色はあっという間にうしろへ流れる。

最低限の休憩をはさみつつ、ルシアンは全力で走り続けた。

国を横断するトレント川を越え、南の海岸線付近に位置する港街マートンも通り過ぎる。このまま南下すれば、ロア公国との国境にぶつかるというところで、ようやく番の気配を感じた。

だがそれは力なく、いまにも消えてしまいそうだ。

ルシアンがゆっくりと速度を落とし、足を止めたのは、国境手前の海岸だった。

水平線が暁色に染まり始めている。

早く、早く、と急かす本能の声に耳を傾けつつも、慎重に浜辺を進んだ。あたりに人の気配はないが、確かにルシアンの本能は近くだと訴えていた。

ふと、これまで嗅いだことのない、花のような香りが鼻をかすめた。

一晩中駆け続けた疲れなど吹き飛んでしまうほど、素晴らしい芳しさだ。

（ああ、これが番の香りなのか！）

月光の下でひっそりと咲く白い花に似たかすかな甘さと、深い森の奥に湧く静かな泉のごとく静謐でひんやりとした香気。それらが入り混じり、ルシアンの胸を騒がせる。

興奮して速くなる鼓動をなだめながら、彼は匂いをたどってふらふらと進む。まるで光に引き寄せられる羽虫のように、ルシアンはひくひくと鼻を蠢かせて砂浜を進んだ。

（どこだ！　どこにいる？）

海岸に倒れ伏す人影らしきものを見つけた瞬間、ルシアンは息を呑んだ。

そして、恐ろしいほどの勢いで心臓が脈打ち始める。

大きく跳躍して人影に近づくと、薄いドレスを纏った少女が浜辺に打ち上げられていた。

ブラウンの髪は柔らかそうだったが、いまは海水で濡れそぼっており、いくらか頬に張りついている。目は閉じていて、どんな瞳の色なのか残念ながらわからない。小さな唇は可愛らしく、口づけたくなる。

しかし、なんといってもルシアンを惹きつけたのはその香りだった。

一斉に花の蕾が開いたかのように、甘く爽やかな芳香が立ち上る。

（見つけた！　俺の伴侶！　俺の、唯一！）

全身を歓喜が包み込む。心臓が壊れてしまいそうなほど速く脈打ち、血潮が滾る。そばにいるだけで、欠けていたなにかが満たされるような存在が、いま目の前にいる。

この気持ちをなんと言っていいのかわからない。出会ったばかりだというのに、自分でも恐ろしいほどの執着を感じていた。

薄いドレスの裾からのぞく足は細く、透き通るような白い肌はぞっとするほど青ざめている。

ルシアンは少女の口元に顔を近づけ、一気に冷静になった。

少女の呼吸は弱々しく、いまにも止まってしまいそうだ。

「オイ！　大丈夫カ！」

ルシアンは呼びかけるが、少女はぐったりとしたまま意識を失っている。鼻先を頬に押しつけてみても、反応がない。

ルシアンは慌てた。オオカミの姿では彼女を抱き上げることもできないと気づき、慌てて人形（ひとがた）へ変じた。

「起きろ！　起きてくれ！」

少女の肩や頬を軽く叩いて、意識を取り戻させようとする。彼女の身体はぞっとするほど冷たい。

このままでは危険だと判断したルシアンは、少女の身体に腕を回し、抱き上げた。

意識のない身体は運びにくいが、獣人であるルシアンにとってはたやすいことだ。

素早くあたりを見回すが、建物らしきものはない。しかし波打ち際から少し離れた場所に切り立った断崖があり、その根元に洞窟（どうくつ）が見えた。

あそこならば風を避けることくらいはできるだろうと、ルシアンは彼女を抱き上げたまま慎重に、けれどできる限り急いで運んだ。そして洞窟に足を踏み入れる。

洞窟はそれほど深くなく、ほかに生き物のいる気配はない。地面には、たき火をした痕跡があり、火打金が砂に埋もれていた。

火があればどうにかなりそうだと、ルシアンはわずかに安堵する。

そして、乾いた砂の上に少女を横たえた。その身体は変わらず冷たい。

長いあいだ水に浸かっていると、低体温症という状態になるらしい。最初は全身が震え、呼吸が速くなるが、その段階を過ぎると今度は逆にほとんど動かなくなり、呼吸の数が減って、意識もなくなっていくという。

おそらく症状がずいぶん進んでしまっている状態なのではないだろうか。だとすれば、まずは身体を温めなければいけないはずだ。

ルシアンは記憶の底から対処法を掘り起こす。

彼女のドレスは、水に濡れて身体に張りついてしまっている。このままではさらに体温を奪うだろう。

助けるためなのだと言い訳をしながら、ルシアンは彼女の服を脱がせる。

「くそっ！」

張りついた服はひどく脱がせにくい。

焦る己（おのれ）をなだめながら、ルシアンはどうにか少女の服を取り去った。

あらわになった彼女の手足には、ところどころ赤い擦（す）り傷ができている。

その痛々しさにルシアンは眉をひそめた。

意識を取り戻す気配のない番（つがい）のことが心配でたまらない。

一刻も早く彼女の身体を温めようと、ルシアンは火をおこそうと考えた。

幸いにも薪（まき）となりそうな乾いた木が海岸には散乱していた。

大急ぎで木を集めて洞窟（どうくつ）に戻り、散らばっていた石を並べ、かまどを作る。集めた小枝と木を積み上げ、落ちていた火打金（ひうちがね）で火をつけた。

気が急（せ）くあまり、いつもより少し手間取りつつも、どうにか火をおこすことができた。

それでも彼女の身体を温めるには足りない。

ルシアンは意を決し、横たわる彼女の隣に自（みずか）らの身体を添わせた。少しでも体温を伝えようと、少女の身体を抱え込む。

オオカミの姿から人に戻ったばかりで、なにも身につけていないルシアンの素肌と少女の素肌が触れ合った。

そんな状況でも、触れ合う少女の肌の心地よさに全身が総毛立（そうけだ）つ。彼女の身体から立ち上（のぼ）る甘い番（つがい）の香りがルシアンの鼻をくすぐった。うっとりと、いつまでも嗅（か）いでいたくなるような香りに包まれて、彼女を抱きしめる腕に力がこもった。

腕の中の身体は頼りなく、いまにも折れてしまいそうだ。

彼女のすらりと伸びた手足や、小ぶりながらも柔らかく形のいい胸の膨らみ、股のあいだの淡い茂みに気を引かれる。一方で、その身体の冷たさに、見つけたばかりの番を失ってしまうのではないかという恐怖がルシアンの胸にこみ上げた。

きっと普段は美しく艶やかであろう唇も、いまはすっかり血の気を失っている。

「頼む、目を開けてくれ！　俺はおまえの名前もまだ知らない。その目を開いて、おまえの瞳の色を教えてくれ……」

祈るように彼女を抱きしめ、声をかける。

けれど腕の中の身体はぴくりとも動かない。

このままでは彼女は助からないかもしれない。けれどこれ以上、ルシアンにできることはない。ルシアンは少女を抱きしめながら考えた。彼女はどうしてあんなところに倒れていたのだろうか。

彼女のドレスはシンプルなデザインではあったが、とても質がよく、庶民が買えるようなものではない。

おそらく彼女の身分はかなり高い。

船から落ちたのか、あるいは海岸で足を滑らせて海に落ちたのか。海岸には彼女のほかに打ち上げられた人影や船の残骸らしきものはなかったので、船が難破した可能性は低いだろう。

いずれにせよルシアンの番が彼女だとわかったいま、彼女を手放すつもりはなかった。

そのためにも、一刻も早く彼女の無事を確認したい。

(どうすればいい？　どうすればおまえを助けられる？)

付近の住民を探し、医者を呼ぼうか？　しかし、自分が離れているあいだに彼女になにかが起こってしまったらと考えると、そばを離れることはできなかった。

なんの進展もないまま時間が過ぎ、洞窟の中に朝日が差し込み始めても、彼女の体温は低いままだ。

ルシアンは最後の手段を取ることを決意した。

それは番のキス——獣人の強靭な生命力を分け与えることで、たとえ死に瀕していても回復することができるというものだ。

ただし、番のあいだでしか使えず、命を分け与えた際、互いに相手の体質に引きずられることがある。

どう見ても少女に獣相はなく、種族を判別できるような匂いもしない。

彼女は唯人に違いない。

ルシアンは、己の番が唯人であったことに少なからず驚いていた。異なる種族の獣人が番だったという話は聞いたことがあるが、唯人を番に持った者の話は聞いたことがない。

唯人は獣の本能が薄い。番のキスが彼女に対して有効なのかもわからない。下手をすればルシアンの方が彼女に引きずられて、命を縮める可能性すらあった。

それでも、現時点でほかに方法はない。

ルシアンは深く息を吸って気持ちを落ち着ける。

「勝手なことをしてすまない。もしおまえが助かったら、文句はあとでいくらでも聞く。だからいまは、意識のないおまえに勝手に口づけることを許せ」

ルシアンは意識のない少女にささやき、ゆっくりと顔を近づけた。己の生命力を活性化させながら、そっと唇を重ねる。

触れた彼女の唇は柔らかかった。しかし、やはり冷たい。

次は意識がある状態で、こんな差し迫った理由からではなく、番として口づけがしたい。

彼女の顎をつかんで口を開かせると、ルシアンは一気に生命力を流し込んだ。

全身から力が抜けていく。これが生命力を分け与えるということなのだと、ルシアンは身をもって感じていた。身体が泥のように重くなり、これまで感じたことがないほどの疲労が全身を包む。

それでも、番を助けるためならばどうということはない。少女が感じている辛さを少しでも軽減できているのであれば、むしろ本望だ。

ルシアンは自身の不調を無視して、少女に生命力を与え続ける。

すると、少女の顔色が少しずつよくなってきた。触れる肌もわずかながら温まっている。時間にすればほんの数分のことだった。自分の鼓動が常よりも遅くなっていると感じたルシアンは、これ以上は己の身体が限界だと判断し、ゆっくりと唇を離した。

見下ろした彼女の顔色は、キスの効果によって先ほどよりもずいぶんよくなっている。

ルシアンはだるい身体を動かし、彼女の胸に耳を押し当てた。

あれほど弱々しかった鼓動が、しっかりと規則正しく脈打っている。呼吸も先ほどより多くなっていた。

押しつぶされそうな不安が若干和らいだ。

「なあ、起きてくれ。俺の命、俺の番。目を開けて生きているのだと、証明してくれ……」

ルシアンは腕の中の少女に懇願する。

そのとき、彼女の身体がわずかに動いた。

息を呑んで見守っていると、かすかなうめき声が彼女の口から漏れる。

「う……」

「目を覚ましたのか？　頼む、起きてくれ！」

ぴくぴくと少女の瞼（まぶた）が痙攣（けいれん）する。やがて、彼女の身体が大きく震え始めた。

「う……ぁ、さ……」

「寒いのか！　少しだけ待ってくれ」

ルシアンはわずかに少女から身体を離した。

たき火に木を追加して火の勢いを強める。

人の姿よりもオオカミの方が温めやすいのではないかと気づいて、一瞬で獣形（じゅうけい）に姿を変えた。

少女を抱き寄せ、柔らかな白銀の毛皮で包み込む。

「ん……」

いつの間にか彼女の身体の震えが治まっていた。呼吸も脈拍も正常に近い。彼女の白い裸身がうっすらとバラ色に染まり始めていた。

番（つがい）のキスで、彼女の命を留めることができたのだ。

（もう、大丈夫だ……！）

ルシアンの胸に歓喜がこみ上げる。

「ん……ふ」

目をつぶったままの少女が、ルシアンの毛皮に顔を埋め、頬をすり寄せてくる。

ルシアンは番に求められる喜びに打ち震えた。幼い彼女の仕草が、かわいくて仕方がない。

彼女の温もりに喜びを噛みしめていると、彼女の長いまつ毛が震えて、ゆっくりと目が開いた。

大きな緑色の目がまんまるに見開かれる。

（ああ、なんと綺麗な瞳だ！）

ルシアンはうっとりと彼女の瞳を見つめた。

「ひ！　あ……だ……！」

彼女が驚いて上げた声は、かすれて声になっていない。

「落チ着ケ。無理ニ話ソウトシナクテイイ。オレハるしあん。おおかみノ獣人ダ。海岸ニ倒レテイタおまえヲ見ツケテココへ運ンダ。身体ガ冷エテイタカラ、服ヲ脱ガセテ温メテイタ」

「は……だか……」

彼女の瞳がこぼれ落ちそうなほど大きく見開かれた。

彼女の瞳に宿った恐怖を一刻も早く取り去ってやりたくて、ルシアンは必死に説明した。

「不埒ナ真似ハシテイナイト誓ウ！　アノママ濡レタ服ヲ着テイタラ、ズット体温ヲ奪ワレタママダッタ。緊急事態ダッタンダ」

強張っていた彼女の身体から力が抜ける。

少女は複雑そうな表情を浮かべながらも、黙ってゆっくりとうなずいた。

どうやら彼女は状況を理解してくれたようで、ルシアンはほっとする。

「俺ハ、水ト食料、ソレカラ着替エヲ調達シテクル。コノママダト寒イシ、ドコヘモ行ケナイカラ」

彼女のドレスはあちこちが破れてしまっていたから、もう使い物にならない。それに、彼女だけではなく自分の着替えも必要だった。

「スグニ戻ッテクルカラ、ココデ待ッテイロ」

そう告げて立ち上がろうとしたルシアンの毛皮を、なにかがつんと引っ張る。その気配に驚き、彼は視線を向けた。

すると、彼女のか細い指がルシアンの毛皮をつかんでいた。

「大丈夫ダ」

彼女の頬に鼻先を押しつけると、つかんでいた手から力が抜けた。

それでも彼女の目は不安だと、ここにいてほしいと訴（うった）える。

「スマナイ。スグニ戻ル」

ルシアンは心を引き裂かれるような気分を味わいながらも、大地を蹴って駆け出した。

離れ難い温もり

ブランシュは暗闇の中にいた。

どうしてこんな場所にいるのか、さっぱり心当たりがない。

『誰もいないの？』

自分の手足さえ見えないような真っ暗闇の中で、ブランシュは助けを求めて声を上げた。

彼女の声に応える者はない。

ブランシュは不意に恐怖に襲われた。

生まれたときから王族として過ごしてきた彼女にとって、周囲にいつも人の気配があることが当たり前だった。身の回りの世話をする侍女や、護衛を務める者たちの気配。それが息苦しいと感じることもたまにあるけれど、王族である以上、仕方のないことだと諦めはついていた。

なのに、いまはどれほど声を上げても応えはない。これほどの孤独を感じたのは初めてだった。

　ブランシュは己の身体を抱きしめた。

『寒い……』

　ひどく寒く、とても息が苦しい。身体は鉛のように重く、移動する元気もなかった。

『ここはどこなの……？』

　ブランシュはふいに意識を失う前に見た光景を思い出す。

　砲弾が爆発する音。大きな水しぶき。そして冷たい海に投げ出された記憶が次々とよみがえる。

　ブランシュは恐怖に身体を震わせた。

『海に投げ出されて、それで……？』

　そのあとの記憶が思い出せない。

　ひとりきりで、こんな寒い場所で死ぬのだろうか。

　そう思ったとき、ブランシュは唇に温もりを感じた。

　柔らかで温かな感触に、ブランシュは大きく目を見開く。息苦しさはいつの間にか消えていた。

　温もりが全身に広がり、動かなかった身体に力がみなぎってくる。

全身の細胞が生まれ変わったかのように、身体中が歓喜の声を上げている。

きっと生まれる前に母親のおなかの中にいたとき、こんな気分だったのではないだろうかとブランシュは想像する。

力強い鼓動が聞こえ、温かく柔らかなものが、ブランシュを包み込んだ。

柔らかいだけではない弾力があり、お日様のようないい匂いがする。この温もりに包まれていれば、なんの心配もないのだと理由もなく確信できた。

ブランシュの顔にはいつの間にか笑みが浮かんでいた。

もう、ひとりぼっちじゃない。

温もりを手放したくなくて、ブランシュは柔らかなそれに顔を埋(うず)めた。

柔らかで温かな感触を楽しんでいると、唐突に、起きてほしいと懇願(こんがん)する男性の声が聞こえた。

とても疲れていて、このまま眠っていたいのに、どうして起きろとせっつくのだろう。

けれどその声には切羽詰(せっぱつ)まったような焦りが含まれていて、その願いに応(こた)えなければ、ひどく悪いことをしているような気分になる。

ブランシュはしぶしぶ目を開く。すると視界いっぱいに真っ白な毛皮が広がっていて、固まってしまった。

（これはっ……イヌ？　いえ、オオカミ⁉）

自分を抱きしめている温もりの正体に思い至り、ブランシュの思考は一瞬停止した。

自分の背丈の二、三倍ほどはありそうな大きな身体は、とても美しい白銀色の毛皮に包まれていた。がっしりと筋肉のついた手足は太く、ブランシュなど一撃で吹き飛ばすだろう。

身体から頭の方へ視線を移動させたブランシュは、吸い込まれそうなほど透き通ったアイスブルーの瞳とぶつかった。

（誰？）

一気に現実に引き戻され、ブランシュはパニックに陥り、叫んだ。

けれど彼女の口からこぼれたのは、小さなかすれ声だった。

落ち着けと、オオカミが人の言葉で彼女をなだめる。

（どうしてオオカミがしゃべってるの⁉）

ブランシュは更なる恐怖に陥った。

けれど、優しいアイスブルーの眼差しと低く心地よい声に、ブランシュはゆっくりと落ち着きを取り戻していく。

オオカミだと思い込んでいたけれど、少し冷静になると、オオカミの獣人なのだと思い至る。ひとまず食べられる心配はなさそうだと、一気に緊張が解けた。

ひょっとすると自分は目の前の獣人——ルシアンと名乗る人に助けられたのではないだろうか？

冷静になったブランシュは、ようやく自分の置かれた状況を理解し始めた。けれど、ふと彼の言葉を思い出し、ハッとする。

「——身体ガ冷エテイタカラ、服ヲ脱ガセテ温メテイタ」

先ほど、彼はなんと言った？

服を脱がせたと聞こえたような気がする。

慌てて視線を巡(めぐ)らせると、確かに彼女はなに一つ身につけていなかった。

（嘘っ！）

ブランシュは目を瞠(みは)った。

オオカミの獣人は慌てふためき、なにごとかを弁解している。

その様子から、彼が自分を助けるために行(おこな)ったことだというのはすぐにわかった。ブランシュは一瞬、不埒(ふらち)な真似をされたのではないかと疑った自分を恥じる。

（ああ、お礼が言いたいのに！）

言葉を紡(つむ)ごうとするけれど喉(のど)がひどく渇いていて、まともに声を発することができない。ブランシュは礼も言えないことをひどく口惜しく思った。

そうしているうちにルシアンは水や食料が必要だと言い始めた。

確かに水をもらえればありがたい。けれどそのためには彼はここを離れる必要がある。

急に先ほどまでの寂寥感がよみがえり、ブランシュは思わず彼の毛皮をつかんだ。

(行かないで！　ひとりになるのは嫌！)

「大丈夫ダ」

彼が自分のために行動しようとしていることはわかっている。それでもこの温もりが離れてしまうことが、ひどく寂しかった。

ふいに彼の鼻先が、ブランシュの頬をなぞった。

ブランシュの心臓が大きく脈打ち、彼の毛皮をつかんでいた手から力が抜ける。

ルシアンは謝罪を口にすると、身体を翻した。

(あ、行ってしまう！)

ブランシュの手が無意識のうちに彼に向かって伸びる。

けれどルシアンはその手に気づくことなく、あっという間に駆け去ってしまった。

ブランシュは伸ばした手を引き寄せ、抱え込んだ。

彼に出会ってからほんの少ししか経っていないのに、離れ難いと感じてしまう。

これまで感じたことのない己の心の動きに、ブランシュは戸惑った。

自分はこんなに弱い人間だっただろうか。

ひとりになった途端に、大地が消えてしまったかのような心細さに襲われる。

（ブランシュ、あなたはオルシュの王族よ。落ち着いて状況を整理して、成すべきことをなさいと、教えられたでしょう……？）

自分のあるべき姿を脳裏に思い描き、大きく深呼吸をして気持ちを落ち着ける。

ブランシュにはようやく、周囲の状況に目を向ける余裕が生まれた。

横になっている場所が乾いた砂の上であることから、ここが砂浜なのではないかと推測する。

海の匂いがして、波の音が聞こえるので間違いないだろう。

すぐ近くでたき火が焚かれているのに、寒くて仕方がない。

ブランシュは這うようにしてたき火に近づく。

たき火のそばには、彼が脱がせたというドレスが放り出されていた。生乾きのそれを手に取ると、あちこちがほつれ、ちぎれてしまっている。

身体のあちこちにも擦り傷ができていることに気づく。意識するまではそれほどでもなかったのに、意識した途端にずきずきと疼きだす。

ブランシュは身体を隠すことを諦め、身体を両腕で抱え込んだ。

いまの彼女にできることはなにもなかった。己の置かれた状況を分析するほかにすることもない。

ここは、どこの海岸なのだろう。最後に確認した時点で、船はグランサムの領海近くに差しかかっていた。だとすれば、ここはグランサムなのかもしれない。

思い起こしてみれば、ルシアンの言葉にはグランサムの訛りがあったような気がする。

(そうだ……クロエやヴァンたちは無事かしら?)

随行員や乗組員たち、そしてコンスタンス号の消息が気になった。

ルシアンは海岸に倒れていた彼女を見つけたと言っていたけれど、ほかに誰もいなかったのだろうか。もし船が大破したとすれば、ブランシュだけではなく乗組員たちも流れ着いているのではないだろうか。次々と心配事が浮かんでくる。

(大丈夫……よね?)

みんなの消息を確かめるためにも、まずは自分がしっかりとしなければいけない。

ブランシュは自分がすべきことを考えているうちに、いつの間にか眠りに落ちていた。

「おい、起きてくれ」

呼びかけに、ブランシュはハッと目を覚ました。

どうやら膝を抱え込んだまま眠っていたらしい。顔を上げると声の主が目に入った。

彼女の視界に飛び込んできたのは、若い男性の獣人の姿だった。

ブランシュよりも頭二つ分ほどは背が高いだろうか。腰のあたりからは大きなふさふさとした尻尾が覗いており、白銀色の髪のあいだから二つの三角形の耳がぴんと飛び出している。

まるで犬のような可愛らしい耳から、ブランシュは目が離せなかった。白い毛皮に覆われ、ぴんと伸びた耳は艶やかで、触ってみたい気持ちに駆られる。

視線を下ろしていくと、彼は精悍な顔立ちで、男らしい美しさだ。

彼の透き通ったアイスブルーの瞳に既視感を覚え、ブランシュは口を開いた。

「……ッ、ル……？」

(もしかして、ルシアン様？)

やはり今度もまともに声が出ない。

けれど彼女の言わんとすることは伝わったらしい。獣人はうなずいて、布の塊を差し出してきた。

「ああ。まずはこれを着てくれ」

ルシアンはブランシュを直視しないように目を伏せている。

ブランシュは自分がなにも身につけていないことを思い出して、差し出された着替えをひったくるように受け取った。

「あ……と……」

礼の言葉はやはり声にならなかった。

ルシアンはすぐにくるりと背を向けて、彼女の姿が視界に入らないように配慮してくれる。

手渡された布はドレスで、幸いにも誰かの手を借りることなく身につけられる簡素なものだった。

ブランシュは身体を動かすたびに走る鈍い痛みに四苦八苦しながらも、どうにか服を着る。

「も……」

ブランシュが声をかけると、ルシアンはすぐに振り向いて水袋を差し出した。

「水だ」

ブランシュは咄嗟に水袋に飛びつく。喉の渇きはとうに限界に達していた。

防水性の革で作られた水袋は、漏れないよう飲み口にきつく革ひもが巻きつけられている。

ブランシュは紐を解こうと爪を立てたが、なかなかほどけない。

「ああ、すまない。ちょっと貸して」

ルシアンは彼女の手から奪うように水袋を取り上げ、すぐに飲み口を開いてくれた。

そして流れるような仕草でブランシュの首のうしろに手を回し、飲み口を彼女の口に押し当てる。

わずかに口に流れ込んできた水は、まさに甘露だった。

水はぬるく、かすかに革の匂いがしたけれど、そんなことは全く気にならない。渇いた喉にはこの上なく美味しく感じられた。

「慌てて飲んではダメだ。ゆっくりと、少しずつ」

一気に飲もうとしてむせそうになったブランシュの背中を、ルシアンの手が撫でる。

落ち着いた彼の声に、ブランシュの焦りはなだめられた。

ブランシュは彼の言葉通りに、少しずつ水を口に含んで嚥下する。

十分に喉を潤したところで彼女は首をかすかに振って、ルシアンに意思を伝えた。

「ありがとう……ございます」

ようやくブランシュは感謝を告げることができて、ほっとする。

「もう、いいのか？」

「はい」

我に返ると、かなりはしたないところを見せてしまった気がする。ブランシュの頬にかっと血が上る。

「あの、ルシアン様……ですよね？」

「ああ。遅くなって済まなかった。思ったよりも着替えを手に入れるのに時間がかかってしまってな……。それより、サイズは大丈夫だったか？　おまえが着ていたドレスより着心地は劣るだろうが、しばらくはそれで我慢してくれ」

「いいえ、我慢だなんてとんでもありません。サイズもぴったりです。ありがとうございます」

ブランシュは慌てて彼に頭を下げる。

お礼をしたいが、いまのブランシュはなにも持っていない。母国の者たちと合流できれば、お礼もできるのに……と、思い至ったところで、ブランシュは乗組員の安否を確認しなければならないことを思い出す。

「あの、私は船に乗っていました。海岸に倒れていたということですが、ほかには誰もいませんでしたか？　船の残骸などもありませんでしたか？」

「いいや。海岸で見つけたのはおまえだけだ。ほかには誰もいなかった」

ルシアンの言葉に、ブランシュの胸に安堵がこみ上げた。

とりあえず船が難破したという可能性は低い。ならば、皆も無事である可能性が高いだろう。

「それよりも、そろそろおまえの名を教えてもらってもいいか?」

いまだに名乗っていなかったと気づき、ブランシュは青ざめる。

「名乗りもせずに申し訳ありません。私は……ブランシュと申します」

ブランシュは座ったまま、頭を下げて精一杯の礼を示した。自分がオルシュ王国の王女であるブランディーヌ・ロワイエだと身分を明かすか迷ったが、相手の素性がわからないのにそれは不用心だろうと思い直す。

「ブランシュ……」

ルシアンは彼女の名を小さくつぶやいた。

まるで大切な人を呼ぶような甘いささやき声に、ブランシュの胸はざわつく。

「まずは、少し食事をしよう。それから、お互いが知りたいことについて話をしよう」

「……はい」

見知らぬ土地で、先立つものもなく、ひとりではどうにもできない。ブランシュは自分の無力さを痛感する。

そのとき、ルシアンがそっとなにかを差し出した。それは手のひらほどの大きさで、丸く、わずかに赤みがかった白色の果物のようだった。

「これはなんでしょう?」

ブランシュは初めて目にする果物に首を傾げた。

「桃……水蜜桃だ。食べたことがないのか?」

「水蜜桃……ですか。初めて見ました」

ブランシュが知っている桃は、平たくて桃色が濃い。それとはずいぶんと見た目が異なっていた。

「皮をむいてかじるんだ」

ルシアンは手の中でくるりと桃を回した。

「か、かじるのですか? 私、切ったものしか食べたことがなくて……」

これまで直接果物をかじったことのないブランシュは、大いに戸惑う。

「なら、俺が切ってやろう」

ルシアンは腰のベルトに挟んであったナイフを取り出して、くるりと器用に桃の皮をむいた。そのまま手の上で果肉を一口大の大きさに切ると、つまんでブランシュの前に差し出す。

彼女は果肉を受け取ろうと両手を伸ばしたが、ルシアンは首を横に振った。

「口を開けて」

ブランシュは彼の言葉に、ためらいながらも口を開く。

果肉をつまんだルシアンの指が口元に近づき、彼の手から直接桃を食べることになってしまう。

「ん……ふ」

口の中に、爽やかな甘みとかすかな酸味が広がった。甘い香りが鼻を抜けていく。

これほど美味(おい)しい桃は食べたことがない。

あまりの美味(おい)しさに、ブランシュは思わず彼の指についていた果汁を舐(な)めとった。

「美味(おい)しいか？」

「はい」

嬉しそうにほほ笑む彼の表情に、ブランシュの胸が高鳴る。

同時に、またもやはしたないことをしてしまったと気づいて、彼女の頬が羞恥(しゅうち)に染まった。

「あの……、自分で食べられます」

「果汁で手が汚れるから、俺が食べさせてやる。ほら」

「あ……」

その桃の美味しさは、すでに知っている。再び差し出された果肉を拒む術は彼女にはなかった。

桃一つを完食するまで彼の行為は続き、その頃にはブランシュのお腹はいっぱいになっていた。

ブランシュは結局すべて食べさせてもらったことが恥ずかしくて、彼とまともに目を合わせることができない。

そんな彼女には全く気づいていない様子で、ルシアンは調達してきた荷物を整理する。そして寝袋を地面に敷いて、その上に彼女を横たえさせると、甲斐甲斐しく毛布をかけた。

「疲れているだろう。横になった方がいい」

全身がだるく、鈍い痛みを感じていたブランシュは、大人しく彼の言うことに従う。

ルシアンはたき火に薪を追加し、彼女のすぐ隣に腰を下ろしたところで口を開いた。

「じゃあ、まず俺がおまえを見つけたときの状況を話そうか」

「はい、お願いします」

ブランシュは真剣な面持ちでうなずいた。

「まず、ここはグランサム王国南部の国境近くだ。マートンの街はわかるか？」

「はい」

　ブランシュたちはマートンを目指していたので、街の名前はわかった。

「ここはマートンよりさらに南に位置する海岸だ。今日の明け方近くに、おまえを海岸で発見したんだ。船から落ちたと言っていたな？」

「ええ」

「周囲にはほかに人の気配はないし、見たところ、船の残骸（ざんがい）は打ち上げられていない。おまえの乗っていた船はどこへ向かっていた？」

　ブランシュは一瞬、返事に詰まった。それを話すことは、自分の素性を明かすことと同義だ。ここがどこなのかもわからず、彼が敵か味方かもわからない。

　けれども彼は誰とも知れぬブランシュを救ってくれた命の恩人。ならば彼に対して誠実であるべきだろう。

　ブランシュは正直に自分の身分を告げることを決意した。

「私は……オルシュの王女です。ブランディーヌ・ロワイエ……ブランシュと申します。父から半年間の外遊を命じられ、いくつかの国を訪ねました。船はジェノバ王国の港を出て、マートンに向かっているところでした」

「おまえは、王女……だったのか」

ルシアンは目を大きく見開き、彼女を凝視する。

「はい」

ブランシュが目を伏せると、なぜかルシアンは笑みをこぼす。

「俺もおまえと同じだ。フランシス・ルシアン・ラ・フォルジュ。グランサム国王の弟だ」

「グランサム国王の弟君……」

ブランシュは思いがけない告白に、呆然と彼を見上げた。

周囲の国々の王族については、予備知識として名前くらいは知っていた。けれど、自分が見知らぬ国でその国の王族に助けられるなどと、全く予想していなかった。

「確か数日後にオルシュの船がマートンの港に到着するという話は聞いた気がする。それで、どうして船から落ちたんだ？　ここのところ、海は荒れていなかったはずだが」

「はい。海は静かなものでした。航海は順調だったのですが、もう少しでグランサムの領海というところで、何者かの攻撃を受けました。おそらく私は砲撃が着弾した衝撃で、海に投げ出されてしまったのだと思います」

「よく無事でいてくれた。だが、変だな……。この付近に他国の船を襲うような海賊がいるという話は聞いたことがない。領海内での攻撃となれば、我が国の問題でもある。

敵の姿は見なかったのか？」

襲われた状況を思い出すと、恐怖がこみ上げてくる。ブランシュは胸を押さえた。

「いいえ、残念ながら」

そして首を横に振り、深く息を吸い込んで落ち着いてから、再び口を開く。

「夜ということもあって、襲ってきた船の姿は見えませんでした。明かりも灯（とも）されていませんでしたし……。改めて、お礼を申し上げさせてください。きっとあなたがいなければ、私は死んでいたでしょう」

ブランシュはきちんと頭を下げるために起き上がろうとしたが、ルシアンに制された。

「いい。寝ていろ。どちらにしても礼には及ばないさ。番（つがい）を助けるのは当たり前のことだ」

「番（つがい）……ですか？」

耳慣れない言葉にブランシュは首を傾（かし）げる。

「まさか、番（つがい）を知らないのか？」

ルシアンは目を大きく見開いた。

「はい。聞いたことがあるような気はするのですが……。不勉強で申し訳ありません」

己（おのれ）の至らなさに、ブランシュは情けなくなってくる。

自分は勉学に励み、王族として恥ずかしくないだけの知識を身につけていると思っていた。けれども外遊の旅に出てみると、それは錯覚だったと思い知る。世界は大きく、自分の足りないところに気づかされてばかりだった。

そして至らぬブランシュを助けてくれる随行員たちともはぐれてしまったいま、彼女ひとりにできることなどほとんどない。不安がどっと押し寄せてくる。

ルシアンのいう番という言葉は、獣人にとっての伴侶という意味だったように思うが、定かではない。けれども彼の態度からすると、知っていて当然のことらしい。

（私は知らないことばかり）

ブランシュは感情を隠すように目を伏せた。

「いや、唯人であれば知らないのも無理はない。獣人は、魂の伴侶がわかるんだ。……相手の匂いで」

ルシアンのアイスブルーの瞳がギラリと光った。

「魂の……伴侶、ですか？」

ただの伴侶ではなく、『魂』のというからには特別な関係なのだろう。

ブランシュは初めて聞いた言葉に注意深く耳を傾けた。

「そう、一生をかけた運命の相手のことを番という。我々獣人は番に出会うとその香りに心を奪われ、姿に目を奪われる。俺は一目見たときにわかった。おまえは俺の番だと」

ルシアンの大きな手が伸びてきて、彼女の髪をそっと撫でる。ブランシュはその心地よさに思わず目をつぶった。

「俺がおまえを見つけたとき、死にかけていた。身体は冷たくなって、鼓動も弱かった。どれほど温めてもよくなる気配がなくて、生きた心地がしなかった」

ブランシュは困惑した。番だと告げられたことも、自分が死にかけていたことも、どちらも唐突すぎてうまく理解できない。

そんな中でも、彼の手の感触は心地よくていつまでも触れていてほしいと思った。出会ったばかりだというのに、彼に触れられても嫌悪は湧かず、むしろそばにいることが自然な気さえする。

ブランシュは初めての感情に戸惑う。

「だからおまえにキスをした。番にしか使えない、命を分け与えるキスだ」

「命を分け与える……」

ブランシュは呆然と彼の言葉を繰り返した。

「そのキスのおかげで……私は助かったのですか？」

「ああ、そうだろう」

彼がいなければきっと自分は死んでいたに違いない。命を分け与えるキスというのがどういったものなのかはよくわからないが、彼に命を救われたことは事実だろう。

ブランシュは改めてルシアンに頭を下げ、最大限の敬意と感謝を示す。

「本当に、ありがとうございました」

「おまえの命が失われなくてよかった。海水をほとんど飲んでいなかったし、きっと海に落ちたときにすぐ気を失ったのが幸いしたのだろう。ようやく見つけた番をこんなところで失うわけにはいかないからな」

ルシアンは愛しげに目を細め、うっとりとした表情で彼女を見つめている。

その艶めかしい表情に、ブランシュの胸がざわめいた。

(そんなふうに見つめないで。勘違いしてしまう)

出会ったばかりなのに、どうして彼は番だと確信できるのだろう。獣人ではない自分には、彼のいう匂いはわからなかった。確かに初めて目にした彼のオオカミの姿には目を奪われてしまったけれど、一目ぼれのようなものではなく、命の危機を感じたほどだ。

いずれにせよ、彼には礼をしなくてはならない。しかしきっとルシアンは、金品で礼を示されることを望まないだろう。

「命を助けていただいたことについては、どれほど言葉を尽くしても足りません。金品で感謝の意が伝わるなら差し上げます。ですが、あなたがそのようなものを求めるとは思えません。どのようなことをすればお礼になるのか……」

「おまえは俺の番だ。礼などいらない。俺はもうおまえを離すつもりはないのだから。グランサムの王弟ならばオルシュの王女の結婚相手として、不足はないはずだ。――それとも、もしかしてもう恋人か伴侶がいるのか？」

ルシアンは目を険しく細めて彼女に詰め寄り、急に雰囲気が荒々しくなった。

その変化があまりに急で、ブランシュは戸惑う。

伸ばされた手に恐怖を感じ、ブランシュは思わず叫んだ。

「い、いえ……私には恋人も伴侶もいません！」

ブランシュの言葉に、ルシアンはほっとため息をつき、伸ばしかけていた手を下ろす。

剣呑な空気が霧散し、ブランシュも息を吐いた。

「――ですが、いきなり番だ、結婚相手だと言われても……。私はそもそも番がどういうものなのか、よくわかっていません」

「そのうち、わかる」

ルシアンは自信に満ちた表情で宣言する。

唐突に番だと宣言されても、すぐにそうですかと受け入れることなどできない。

好意を寄せてくれることは嬉しいが、あまり彼に気を許しすぎてはいけないと、ブランシュは自らを戒めた。

ブランシュの身は彼女ひとりのものではない。国民のために使われるべきで、そのために外遊に出ているのだ。

「私を助けてくださったことについては、どれほど言葉を尽くしても伝え切れないほどの恩を感じています。けれど、私はまず、共に船に乗っていた者たちの無事を確かめなければなりません。それに……私は与えられた使命を果たし、国に戻らねばなりません」

ルシアンが命を救った対価として婚姻を求めるならば、彼女の一存では決められない。すべてはオルシュ王とグランサム王が決めることだ。

ブランシュはじっとルシアンの返答を待った。

「ならば、俺を連れていけ」

「は？」

ブランシュは一瞬彼の言葉の意味が理解できず——否、理解したくなかったのかもしれない。少々間の抜けた表情で問い返した。

「おまえの王族としての責務はわからないでもない。だが、一度番と出会ってしまえば、離れることなどできはしない。おまえが俺を連れていくというのなら、手助けだってしてやれる」

「ですが、命を助けていただいた上に、国に戻る手伝いまでしていただくなんて……、少し……いえ、かなり厚かましいお願いでしょう」

「だが、おまえひとりで国の者と合流できるのか？　見知らぬ土地で、先立つものもなく？」

「……そうですね」

　確かに彼の言う通りだった。

　ブランシュはしばし、逡巡する。彼女の持つ手札はないに等しい。だとすれば返事は決まっていた。

「大変申し訳ないのですが、お力添えをいただけますか？」

「当たり前だ。番を助けるのが伴侶の役目だからな」

　ルシアンは満足そうに笑った。

「では番については、保留ということにしていただけますか。国の者と合流できれば、お礼もできるでしょう。どうかそのときまで、お願いいたします」

「まあ、それについてはおいおい、だな。どのみち王族としても、国賓が困っているのだ。できうる限りの助力を約束しよう。まずは情報収集するのがいいだろう。寄港予定の船が到着しているかどうかくらいは、わかるはずだ」

「はい、どうかよろしくお願いいたします」

ブランシュはルシアンに向かって深く頭を下げようとした——が、制止される。

「契約のしるしだ」

目の前に彼の顔が近づいてきたと思ったら、額にキスを受けていた。

（え、ちょっと待って、え、どうして？）

ブランシュはパニックに陥り、まともに返事ができない。

「あ……、わ、わ、え……と」

一気に顔が火照り、自分でも真っ赤になっているのがわかる。

ルシアンと出会ってからブランシュの調子は狂いっぱなしだ。

少しでも距離を置こうと気持ちを引き締めているつもりなのに、気がつくと彼がそばにいることが当たり前のように感じている。これが番ということなのだろうか。

考えてもわからないことが多すぎる。

「まずはゆっくりと身体を休めることだ。番のキスを使ったとはいえ、疲れまでは癒せない」

「そうなんですね。そう言われてみると少し疲れたような気がします……」

ふいにブランシュはどっと疲れを感じた。全身が重く、指先を動かすのも億劫になる。

彼の手が彼女の額に伸びた。わずかに冷たい大きな手が額に触れて、熱を確かめている。

「やはり熱が出てきたようだ。もう少し休んでおけ」

「すみません」

彼の手が心地よくて、ブランシュは目を閉じる。彼の言うとおり、かなり疲れているようだ。

「俺も一晩駆け通しで疲れた。隣で休ませてもらおう」

ルシアンは宣言すると、ブランシュが口を挟む間もなく、隣に身体を横たえた。

寝袋を隔てているとはいえ、異性と一緒に眠るのは抵抗がある。少し離れてほしいが、疲れている彼にそんなお願いをするのは、わがままだろうか。

「襲うつもりなら、とっくに襲っている。心配せずに身体を休ませることだけを考えていればいい」

ブランシュの戸惑いをそっくり言い当てられて、彼女は頬を赤らめた。

「なにもしない。ただ眠るだけだ」

優しい声がブランシュの背後から聞こえた。

「……おやすみなさい」

「おやすみ。俺の番（つがい）」

ブランシュの意識はすぐに眠りに引き込まれていった。

旅の始まり

翌朝、目覚めたブランシュは、すっかり体調がよくなっていた。寝袋から抜け出して、身体の状態を確認する。あちこちにあった擦り傷にはもう薄皮が張っている。

少々治りが早すぎるように思えて、ブランシュは首を傾げた。

「ああ、それは番のキスによるものだな」

隣で目覚めたルシアンが、大きなあくびをしながら教えてくれた。

彼には心を読む力があるのだろうか。疑問に思っていたことをズバリと言い当てられて驚きつつ、ブランシュはルシアンに詰め寄った。

「そんな効果が？」

「あのキスは伴侶の生命力を分け与えるもの。その際、互いの体質が影響し合うことがある」

獣人の回復力がこれほどなのだとすれば、すごいの一言に尽きる。しかし――

「ルシアン様の命をいただいてしまったなんて……私はどのように恩を返せばいいので

すか?」

「その必要はないと言わなかったか? おまえは俺の番だ。番を助けるのは当たり前だと言っただろう?」

「でも……」

番というだけで命を分け与えるのが普通のことなのか、ブランシュには判断がつかない。

「それほど言うのなら、俺と結婚すればいい。ブランシュを俺だけのものにさせてもらえたら、それだけで大満足だ」

「それは私の一存では決められないと申し上げました」

したたかなルシアンの態度に、ブランシュは苦笑した。

「ああ、知っている。だからいまはそばにいるだけでいい。ところでブランシュ、一つ提案があるのだが」

「なんでしょう?」

ブランシュはルシアンの顔を見上げた。

「おまえの安全を確保できるまで、しばらく身分を伏せておきたいが、構わないか?」

「それは構いませんが……、どうしてですか?」

「おまえの船を狙った相手が気になる。相手の目的は不明だが、もしかするとブランシュを探しているかもしれない」

「そういうことならば当分のあいだ、私の素性は伏せておいた方がよさそうですね」

「ああ。そうだな……おまえはオルシュから来た物見遊山(ものみゆさん)の貴族の子女、俺はおまえの護衛ということでどうだろうか？」

彼の目がいたずらっぽく煌(きら)めいた。面白いことを考えついたという顔をしている。

「それならば、不自然ではなさそうですね。ですが、ルシアン様は王族として顔が知られているのではありませんか？」

「確かに顔は知られているが、獣人は相手を認識する際、まずは獣相(じゅうそう)――耳や尻尾を見る。マントとフードでそれを隠せばなんとかなるだろう」

「そうなのですか……」

ブランシュは身を守るために必要なことだと割り切って、彼の言葉に素直に従(したが)うことにした。

「じゃあ、俺のことは呼び捨てにしてほしい。それから口調も、もっとくだけた方がいいな」

確かに護衛を様付けで呼ぶのはおかしい。

「ルシ……アン」

「もう一度」

「……ルシアン」

目を細めるルシアンの表情が嬉しそうで、ブランシュの胸はどきりと高鳴る。

「なら、俺はおまえのことを様付けで呼んだ方がいいか？　ブランシュ様？」

ルシアンの口調と表情は完全に彼女をからかうものだった。呼び方を改めただけなのに、ずいぶんと距離を置かれたようで、少し寂しく感じてしまう。

呼び名がこれほど相手との距離を変えてしまうものだとは思わなかった。

「……ふたりきりのときは、呼び捨てでお願いできますか？」

「わかったよ。ブランシュ」

彼が自分の名前を呼ぶ声が思いのほか甘く響いて、ブランシュは頬が熱くなる。

「はい」

（なんだか、調子が狂ってしまう……。ダメよ、冷静に、冷静に）

彼の前だと、王族として身につけた立ち振る舞いが、どこかへ飛んでいってしまう。

ブランシュは必死に己（おのれ）の心を戒（いまし）めた。

「おまえのことは俺が命に代えても守る。護衛として扱ってくれて構わない。互いの役割についても、じきに慣れるだろう」

こうして、ルシアンはブランシュの護衛として、ブランシュは外国の貴族の子女としてマートンの街を目指し、旅立つこととなった。

「よし、その前に朝食にするか」

ルシアンが荷物から取り出したのは、水蜜桃だった。

「今日中にマートンまで行くのは難しいが、どこか街には着けるだろう。そうしたら、もう少しきちんとした食事ができると思う。今朝はこれで我慢してくれ」

「食べられるだけでありがたいです。不満なんて！」

恐縮するブランシュに、ルシアンがほほ笑みかける。

「なら、よかった」

ルシアンは昨日と同様に素早く桃の皮をむき、切り分けた欠片を差し出した。

「もう身体はすっかりよくなりました。食べさせてもらう必要は……」

「手が果汁で汚れるだろう」

「でも……」

ルシアンは、ブランシュの手が汚れるからと言って渡そうとしない。

仕方なくブランシュは羞恥をこらえて、口を開く。

「それでいい」

ルシアンは満足そうに目を細め、彼女の口元に桃を運んだ。

ブランシュが桃を咀嚼したのを確認して、彼も桃を口にする。

桃を食べ終えるころには、ブランシュはだいぶ気力を使い果たしていた。

それでもどうにか己を奮い立たせ、たき火を消して、移動の準備をする。

ブランシュは気がついてから初めて、洞窟の外に足を踏み出した。砂浜の先には、なだらかな丘が続いている。

空は青く、とても天気がいい。太陽はすでに高く昇っており、思っていたよりも時間が過ぎている。

洞窟から出たルシアンは、マントを着込んでフードをかぶり、荷物の詰まったかばんを背中に担いだ。

「私も持ちます」

「俺とおまえでは体力が違いすぎる。このくらい、俺には大して重くない。おまえは気にせず歩くことだけに集中していればいい」

「わかりました。がんばってみます」

「歩くだけなのに、がんばらなければならないのか？」

ブランシュにとっては、移動といえば馬車が当たり前。長距離を歩いたことがないので、正直どうなるかはやってみなければわからない。

「普段は歩いて移動ということがほとんどなかったので……」

申し訳なさそうに告げるブランシュに、ルシアンはバツが悪そうに後頭部に手を伸ばした。

「すまない。俺を基準に考えていた」

白銀色の尻尾も頼りなげに揺れている。

聞けば、獣の血を引く獣人の場合は、馬車に乗るよりも自分で走った方が速いのだという。そのため、馬車に乗って移動する習慣がないらしい。

「いいえ。私の方こそすみません」

「馬車は、マートンまで行かないと手に入らないな……。近場で農場を探せば、馬くらいは見つかるかもしれない。だが、借りられるかどうか……。おそらく歩いてマートンまで行くのが現実的だ」

ルシアンの気遣いに、ブランシュの心は温かくなる。

「大丈夫です、歩きます。何事も経験ですから！」

ブランシュは元気よく宣言した。

「辛くなる前にちゃんと言えよ？」

「はい」

優しいルシアンに、ブランシュは笑みを返して歩き始めた。

このまま海岸線を北上していけばマートンに着くらしい。けれど、せっかくの機会だから内陸部を案内したいというルシアンの希望により、内陸を進むことになった。

なだらかな丘陵が続き、畑や放牧地が広がっている。

牧草地で初めて羊に出会ったブランシュは、まっしぐらに羊に近づいた。羊は真っ黒な顔をしていて、体全体がもこもことした毛に覆われている。

柔らかそうな毛に触れてみたい。でも、逃げたり、嫌がって暴れたりするかもしれないと思うと、ブランシュはなかなか踏ん切りがつかなかった。

「触ればいいだろう？」

「でも……」

なかなか手を出そうとしないブランシュに痺れを切らして、ルシアンは彼女の手をつかむと強引に羊に触れさせた。

思っていたよりも羊は大人しく、全く抵抗しない。

「わ……柔らかい、けど、意外と硬いような？」

羊の毛は、見た目よりも弾力があり、面白い感触をしていた。

戸惑うブランシュを、ルシアンは楽しげに見つめる。彼の尻尾はぴんと立ち上がり、こちらに興味を示していた。ふさふさとしたその尻尾に触れたくてうずうずしたが、さすがに不遠慮すぎるだろう。

その代わりブランシュは、ふと思い浮かんだ疑問を口にした。

「そういえば、ルシアンの種族はオオカミなんですよね？　似た特徴を持つ他の種族をどうやって見分けているのですか？　種族による違いが大きいから一概には言えないと習ったのですが……」

同じ質問を侍女のクロエにもしたことがある。猫獣人の場合は主に匂いで見分けているそうだが、オオカミ獣人はどうなのだろう。

「俺たちの場合は匂いだ。獣人にとって匂いはかなり重要な判断材料になる。たぶんおまえよりも数倍、いや数十倍は鼻が利くぞ？」

「なるほど……」

ルシアンはくわっと口を大きく開いて、あくびをした。

（なんだか、ちょっとかわいく見える……）

そんな会話を交わしつつ、少々寄り道もしながら、ふたりはマートンに向かってひたすら歩いた。

そしていくつかの小さな村や町を通り過ぎ、気づけばわずかに日が傾き始めていた。

「暗くなる前に、あのあたりで宿を取ろうと思うが、いいな？」

ルシアンが前方に見える街を指し示した。

ブランシュは内心、助かったと安堵する。歩き続けた足が棒になり、痛みを訴えていた。限界とまではいかないが、かなり疲れている。

けれどルシアンに多大な迷惑をかけているので、疲れたと言って彼を煩わせたくなくて、泣き言を言わずにここまで来たのだ。

「ええ。護衛であるあなたの判断に従います」

ブランシュはルシアンの提案にうなずいた。よほどのことがない限り、明かりのない夜に進む旅人はいない。ゆっくりと宿で休息をとり、明日の移動に備える方が賢明だろう。

街に入ると、酒場や商店が立ち並ぶ通りを過ぎて、ルシアンは一軒の建物の前で足を止めた。扉の上には、立ち上がった熊の絵の横に金熊亭と書かれた看板が下がっている。

石造りの二階建ての建物の横には、屋根のついた厩舎があり、馬車も停められるようになっていた。

「ここだ」

ブランシュには、ルシアンがどのような基準で宿を選んでいるのかがわからない。反対する理由もなく、宿屋の扉をくぐったルシアンのあとに続いた。

内部は一階が食堂、二階が客室になっているようだ。ルシアンは迷いのない足取りで奥へ進んでいく。すると、女将らしき人物が、厨房の奥から前掛けで手を拭きつつ出てきた。

「料理かい、それとも泊まりかい？」

「泊まりだ。部屋は空いているか？」

「個室は残り一つと、大部屋が空いてるよ。個室ならふたりで銀貨八枚、大部屋なら三枚だ」

「では、個室を頼む。それから夕食も」

「食事は別料金だよ。湯は食事中に用意をしておくからね」

「わかった」

ルシアンは返事をすると、さっさと代金を支払う。

ブランシュはルシアンに負担をかけてばかりで申し訳なくなるが、彼は気にする様子もなく女将から鍵を受け取った。

「ブランシュ様、どうぞ」

ルシアンは、護衛らしい態度で彼女を二階へと促す。ブランシュは客室に向かいながら、宿の内部に視線を巡らせた。

食堂となっている一階には、テーブルがいくつかと、カウンターが並んでいる。食事だけでも利用できるらしく、食堂はにぎわっていた。

ぎしぎしと軋む階段を上りきると、廊下を挟んで扉が向かい合っている。大部屋の大きな扉の反対側には、個室の小さな扉が四つ。ルシアンは小さな扉の一つを開けて、部屋の中に入った。

部屋の中央にベッドが二つ置かれていて、ほかには小さなテーブルセットと荷物をしまうための、小ぶりなクローゼットがあるくらいだった。

ブランシュは公務で地方を訪れたこともあるが、その土地を治める貴族の館に泊まることがほとんどで、宿に泊まるのは初めてだ。

ルシアンに促され、二つ並んだベッドのうちの一方の上に腰を下ろした。そして、ぐるりと室内を見回す。

建物自体は古めかしいが、室内は清潔だった。ベッドの上にはキルティングのカバーがかけられ、カバーの下のシーツもパリッと糊がきいている。

部屋は少し狭いけれど、眠るだけなら十分。

ふと隣に視線を向けると、ルシアンがもう一つのベッドに荷物を下ろしていた。

「同じ部屋に泊まるのですか？」

ルシアンと同室なのだと気づき、ブランシュは戸惑う。

「個室に空きがなかったからな。仮に空いていたとしても部屋を分けると護衛に支障が出るし、周囲に怪しまれる。同じ部屋で我慢してくれ」

「……わかりました」

そういう事情ならば仕方がない。ブランシュはうなずいて立ち上がると、窓に近づいた。

西の空に沈みかけた太陽が地平線を茜色に染めていく。沈みゆく太陽と反対側の空には、おぼろげな月が浮かんでいる。

ブランシュはしばしその光景に心を奪われた。

「綺麗……」

「ああ、そうだな」

空を見上げるブランシュの隣に、ルシアンも並ぶ。

「もうすぐ満月だな」

月はあと二、三日で満月となるだろう。

ルシアンを見上げると、その目は険しく細められていた。瞳の奥がギラリと光った気がして、ブランシュの背筋を悪寒に似た感覚が走り抜ける。

「さあ、そろそろ夕食にするか。あまり遅いと夕食がなくなってしまう」

そう言ったルシアンの表情はすでに柔和なものになっていた。先ほどの険しい表情は見間違いかもしれないと思いながら、ブランシュは彼に続く。

ふたりは連れ立って階下に下り、残りわずかになっていた席に並んで座った。

「どうするね？」

すぐに女将がふたりに気づいて声をかけてくる。

体格のいい女将は熊の獣人らしく、丸みを帯びた茶色い耳が髪のあいだから覗いている。

「おすすめは？」

「仔羊のパイとひよこ豆のスープだね」

「ブランシュ様はそちらでよろしいでしょうか？」

「はい」

「じゃあ、それを二人前と、俺にはカルヴァドスを。彼女にはシードルを」

食べたことのない料理に、ブランシュの好奇心がむくむくと湧き上がる。

わくわくしながら待っていると、女将は両腕にたくさんの皿を載せて現れ、ふたりの前に勢いよく置いた。

「どうぞ、召し上がれ！」

女将（おかみ）のすすめに、ルシアンは無言でうなずいた。そして慣れた手つきでパイを取り分け、ブランシュの前に皿を並べていく。

「ありがとうございます」

「今夜は食べさせて差し上げられないことが残念です」

突然かしこまった話し方をするルシアンに、ブランシュは一瞬固まる。しかしすぐに人の目があるからだと思い至り、気にしていない風を装（よそお）った。

「そこまでしていただく必要はありません。ちゃんと自分で食べられます」

ブランシュはさっさと自分の前に置かれたナイフとフォークを手に取る。

久しぶりのまともな食事に、頬が緩んだ。

まずはルシアンが取り分けてくれたパイに手をつける。パイの中にはみじん切りにした野菜やハーブなどが混ざった、仔羊のひき肉が詰められていた。ハーブが肉の臭みを上手に消している。

さっくりとした外側とは対照的に、中身は噛（か）むとじんわりと肉汁が染み出る。

「美味（おい）しい……！」

ブランシュは目を輝かせながら、スープを口に運んだ。赤い色のスープの中には小さく刻まれたたっぷりの根菜類とひよこ豆が入っており、ハーブが味を引き立てている。

「こっち も美味(おい)しい！」

「それはよかったです」

彼女の食べる様子を楽しげに見守っていたルシアンは、カルヴァドスを口に含みながら笑う。

ブランシュは次に、シードルを口に含む。しゅわしゅわとした泡が口の中ではじけ、喉(のど)を滑り落ちていく。

「ん、これは……」

「林檎(りんご)の酒です。あまり強くないので飲みやすいでしょう」

オルシュでは林檎(りんご)はそのまま食べたり、ジャムにしたりするものだ。酒を造るという話は聞いたことがない。

「これはどこでも飲めるものなのですか？」

「グランサムで酒と言えばワインですね。ただ、マートンより北の方では林檎(りんご)がたくさん採れるので、この国では腐るほどあります。シードルはワインの代わりになる酒として、最近出回るようになってきたんです」

「ルシアンが飲んでいるのは？」

ブランシュは彼の手の中のグラスを覗き込んだ。

「こちらはシードルを蒸留したものです。飲んでみますか？」

「ええ」

ブランシュはルシアンのグラスを興味津々で受け取った。まずは匂いを嗅いでみると、ツンと鼻をつくアルコールと、わずかに甘い香りが立ち上る。次に、ちろりと舐めてみた。

「うわ……からい！」

ほんのちょっとしか舐めていないのに舌を焼くような感覚に襲われ、ブランシュはそれ以上は断念した。

「ふふ、ブランシュ様には少し早かったですね」

「そ、そんなことありません」

ブランシュは負け惜しみだと思いながらも、言わずにはいられなかった。少々ふてくされつつ、グラスをルシアンに返す。

ふと見上げると、ルシアンの視線がひどく優しいことに気づく。まるで愛しい者を見るような目に、ブランシュの心臓はどくどくと速い鼓動を刻み始める。とても彼の顔を直視できなくて、ぱっと顔を逸らした。

(ふあぁぁぁ、なにあの目つき!)

アルコールが回ったわけでもないのに、顔が熱くなってくる。自分でも顔が真っ赤になっているのがわかった。

ちらりと横目でルシアンの様子をうかがうと、彼はやはり柔らかな表情でこちらを見つめていて、ブランシュは慌てて視線を逸らした。

「……明日には、マートンに着けそうですか?」

なんとかこの空気を壊そうと、ブランシュがひねり出した話題は、明日の予定だった。

「そうですね。マートンなら人も多いし情報も集まるでしょう。ギルドもありますので」

「ギルド、ですか?」

ブランシュは聞きなれない単語に首を傾げた。

「商業組合といえばわかりますか? 護衛の依頼を仲介したり、商売の契約に立ち会ってくれたりする組織です。オルシュにもあったはずですが……」

「ああ、組合のことですね。そこへ行けば情報も手に入るんですか?」

「そうです。ギルドでは金さえ払えば、相応の情報を得ることができます」

彼女にとっては初めて聞く話ばかりで、とても興味深い。もっといろいろな話を聞きたかった。

「今日はお疲れでしょう。明日に備えてそろそろ寝た方がよいのではないでしょうか」

「もっと話を聞きたかったのですけれど……。そうします」

ブランシュは素直にうなずいた。

皿に取り分けられた料理もちょうど食べ終わったところだ。

ルシアンが席を立ち、ブランシュも彼のあとに続いて部屋に戻る。そして自分の荷物を置いてあったベッドの上に倒れるように飛び込んだ。

「このまま寝ちゃいたい。でも身体を洗わないと……」

うつ伏せに寝転んで、枕に顔を埋めたままブランシュはぽつりとつぶやいた。

一日中歩き通しだった身体は汗をかいているし、埃っぽい。海水に浸かった髪は、かなりもつれていて、いつもより艶がない。ほどよく酒精を摂取した意識は、いまにも眠りに引き込まれてしまいそうだった。

いつもなら彼女の世話を焼いてくれる侍女も、ここにはいない。

「そのまま寝ると後悔するぞ。なんなら俺が世話してやるが？」

くだけた口調に戻ったルシアンが、ブランシュのすぐうしろで笑う。

ブランシュはドキッとして飛び起きた。

予想していたよりもそばに彼の身体が迫っていて、ブランシュの鼓動が跳ね上がる。

しかも口調のせいで、急に心の距離感も近くなったような気がしてしまう。

「す、すぐに汗を流してきます」

焦りで声が裏返る。

「その方がいい」

ルシアンは彼女の慌てぶりに、声を殺して笑った。

ブランシュはルシアンが差し出した着替えを受け取り、大慌てで部屋に備え付けられた浴室に駆け込んだ。しっかりと内側から鍵をかけて、ほっと息をつく。

先ほどまで感じていた眠気はどこかへ消え失せていた。

「失敗した……」

ブランシュは頭を抱えつつ、小さくつぶやいた。ルシアンに護衛を頼んだのは失敗だったかもしれない。

彼が護衛としても、案内人としても優秀であるのは間違いない。知識も豊富で、彼女を飽きさせることなく様々なことを教えてくれる。

だが、彼の言動に、ブランシュの胸はいちいちドキッとしてしまう。

ふと気づくと彼が自分を見つめていることに気づく。その視線には熱がこめられていて、執拗に絡みついてくる。

出会ってまだわずかなのに、ブランシュはルシアンに心を許してしまっていた。

それは彼がブランシュの命を助けてくれたからだけではない。

彼のそばにいると、それだけで気持ちが落ち着き、安らぐ。時折ドキリと心臓が跳ねることもあるが、彼と一緒にいると、そこが世界で一番安全な場所であるような気がしてくるからだ。

ブランシュは服を脱ぎ捨てると、湯船にお湯を溜めた。次第にもうもうと湯煙が立ち込める。

（なんだか調子が狂う。まだ会って数日しか経ってないのに……）

これまでほとんど家族以外の異性と過ごしたことがない所為で、勘違いしているのだ。

彼が臆面もなく熱い視線で見つめてくることも、勘違いを助長しているに違いない。

これまでブランシュにあからさまな好意を見せた異性はいなかった。控えめに好意を示されたことはあるけれど、王女という彼女の立場に遠慮してか、ルシアンほど熱意をこめて見つめてきた者はいなかった。

ルシアンの視線は、王女としてのブランシュではなく、彼女自身を求めていると雄弁に語っていた。

王女ではない自分にも価値があるのだと言われているようで嬉しくなる。

そこではたと、ルシアンのことばかり考えていることに気づいて、ブランシュは己を戒めた。

「ダメよブランシュ！　……はぁ」

思わずため息がこぼれる。

外遊に出た目的は、周辺国との親睦を深めるため。恋愛に現を抜かすことではない。

（私はまだ王族としての責務をきちんと果たしてない。恋愛に現を抜かしている暇なんてないのよ。一刻も早くみんなの無事を確認して、合流しないと……）

ブランシュは自分にそう言い聞かせつつ、荒々しい手つきで身体を洗い、湯船に浸かった。

最後に洗髪し、髪の水分をきゅっと絞る。潮と汗の所為でべたついていた身体はさっぱりとして、もつれていた髪にもするりと指が通る。

これで少しはましな恰好になったと、ブランシュはわずかに笑みを浮かべた。

ルシアンから手渡された着替えに手を伸ばす。可愛らしい白色の小さな布をつまみ上げて、ブランシュはひとり赤面した。

彼がこれを選んだのかと思うと気恥ずかしい。その上、下着まできちんと用意されている。

しかし下着をつけないわけにもいかず、ブランシュは手早くそれを身につけ、寝間着に袖を通した。

ルシアンの待つ部屋に戻るのは、なんとなく気まずい。ブランシュは恐る恐る寝室に続く扉を開けた。

「お湯を使うのならば、どうぞ」

薄明りに照らされた室内に視線を巡らせると、ルシアンは窓際に立っていた。どうやら外の景色を眺めていたようだ。

「こっちにおいで」

ルシアンが手招きをして呼び寄せる。

「なんですか？」

「ここに座って、足を出して」

「え？」

思いがけない言葉にブランシュは目を瞬かせた。

ルシアンの手はベッドを示す。

「このままでは明日、歩けなくなる。いまのうちにほぐしておいた方がいい」

歩きずくめだった足は確かにだるく、鈍い痛みを訴えている。ルシアンの申し出はブランシュの耳にとても魅力的に響いた。

「ほら、早く」

急かされて、ブランシュは言われるままに彼に近づいた。ベッドに腰を下ろし、片方の足を彼に向けてそろそろと差し出す。

ルシアンは片膝を立てて床に座ると、彼女の足をそっと持ち上げた。室内履きを脱がせ、やんわりと足の裏に触れる。

「っひゃ……」

「こら、じっとして」

ブランシュがくすぐったさに身をよじったとたん、叱責の声が飛んできた。

「ごめんなさい」

ブランシュはこそばゆさに身悶えしながらも、彼の手に足を委ねた。

ルシアンの大きな手がふくらはぎを揉むと、ブランシュは心地よさに思わずため息を漏らす。ブランシュはうっとりと目をつぶった。

「ん……ふ、気持ちいいです」

「……やはり歩くのは大変か?」

「そうですね、こんなに歩いたのは生まれて初めてかもしれません」

ブランシュは今日の旅路を思い返す。

これまで移動と言えば馬車だったから、乗っていれば目的地に着いていた。外遊のために初めて乗った船も、ただ乗っているだけでよかった。馬車での移動だったらきっと見逃してしまうような光景でも、ルシアンと共に歩くことで違った景色が見え、気づくことがある。

とても疲れたけれど、それ以上の収穫があったことにブランシュはとても満足していた。

「眠いのか？」

「んー……」

ルシアンの手がとても心地よくて、ひたひたと眠気が忍び寄る。ブランシュは座っていられなくて、ぱたりとベッドに上半身を預けた。

「警戒心がなさすぎるぞ」

「ルシアンなら……大丈夫……です」

彼はドキドキするようなことを仕掛けてきても、ブランシュが本当に嫌がるようなことはしないという安心感があった。

「ふ……、敵わないな」

苦笑したような気配がしたけれど、疲れと睡魔に襲われていたブランシュは、夢うつつにその言葉を聞いていた。

そっと毛布がかけられる感触がして、身体がホカホカと温まってくる。

「おやすみ……ブランシュ」

完全に眠りに引き込まれていたブランシュに、返事はできなかった。

§

ルシアンは眠ってしまったブランシュを見下ろす。

「いくら番相手とはいえ、警戒心がなさすぎる」

眠る彼女には聞こえていないと知っていても、言わずにはいられなかった。

「信頼されるのは嬉しいが、俺を男として見ていないんじゃないのか？」

彼女の頬にかかるブラウンの髪をそっと払う。

規則正しい呼吸を繰り返す彼女は、つい昨日まで生命の危機に瀕していたとは思えないほど生気に満ち溢れている。小さな唇は桜色で、思わず口づけてしまいたくなるほど艶やかだ。

（やはり、番のキスの効果には目を瞠るものがある）

噂には聞いていたが、実践するのは初めてだったし、ここまで劇的に回復するとは思っていなかった。同時に、ルシアンには一つの懸念が生まれていた。

彼女の傷の治りが速すぎるのだ。

獣人ならば、擦り傷など二日も経てば治ってしまう。けれど唯人である彼女は一週間はかかるはず。それなのに彼女が負った傷はもうほとんど目立たなくなっていて、獣人並みの回復力を見せている。

彼女が痛い思いをするのは本意ではないので、早く治るに越したことはない。しかし、ここまで体質が獣人に近づいているとなると、ほかにも影響を受けている可能性がある。

心配なのは満月が近いことだ。

オオカミの獣人であるルシアンは満月になると、発情期を迎える。

番のいなかったこれまではさほど強いものではなく、身体を動かしたりして発散させれば、どうにかやり過ごせていた。しかしブランシュという番に出会ってしまったいま、これまでとは同じようにいかないだろう。

ルシアンは感じたことのないざわめきを感じ取っていた。

こうして満月になろうとしている月を見上げるだけで、身体の奥にちりりと情欲の炎が灯る。

満月ともなれば、どれほどの情動に襲われるかわからない。

そしておそらくこの情動はブランシュにも起こるだろう。

(彼女にも言うべきか？　俺が番のキスをした所為で、命は助かったが、代わりに発情期がくるようになったと!?　言えるわけがない！)

まだ彼女にも発情期がくると確定したわけではない。

ただでさえ、彼女はこの状況に戸惑っていて、強引に口説こうとすれば警戒する。求婚に至っては、全く受け入れてくれる様子はない。

ルシアンは甘い香りを放つ彼女の手首の内側に鼻を寄せて、思う存分吸い込んだ。唇に口づけたいという欲望を、かすかに残った自制心で抑え、彼女の手の甲に口づける。

彼女が獣人であったならば、言葉を交わさずとも自分たちが番であるとはっきりわかっただろう。けれど、唯人である彼女に番を嗅ぎ分ける能力はなく、この素晴らしい香りを感じることはできないのだ。

きっとこの香りを嗅ぎ取ることができたら、自分と同じように胸が焦がれる想いを感じてくれただろうに。

実際に番(つがい)に出会ってみれば否応(いやおう)なく知らされる。もう他の異性など目に入らない。

本当は、いますぐ彼女のすべてを自分のものにしてしまいたい。閉じ込めて、誰の目にも触れないようにしたい。

そんな衝動が自分の中に眠っていたことに驚かされる。

番(つがい)の彼女がオルシュの王族であったことは、ルシアンにとっては僥倖(ぎょうこう)であった。

身分が釣り合っていれば、周囲の反対を受けにくい。たとえ彼女に伴侶(はんりょ)と定(さだ)められた者がいたとしても、奪い取る自信はあった。

けれど、可能ならば彼女にも自分と同じ強さで求めてほしい。

そう願ってしまうのは贅沢(ぜいたく)なことだろうか。

「どうか、俺を受け入れてくれ……」

ルシアンは彼女の手を取り、額(ひたい)に当てた。

彼女の色気にあてられて、ルシアンの身体はしっかりと昂(たか)ぶってしまっていた。

「はあっ……」

彼の口から悩ましげな吐息がこぼれる。

夜空に輝く月が、ふたりを見守っていた。

コンスタンス号への手がかり

「ねぼすけさん、そろそろ起きないと、今日中にマートンに着かないぞ？」

ルシアンのからかうような声で、ブランシュは目覚めた。窓の外を見ると、すでに太陽は高く昇（のぼ）っている。

「わあっ！　ごめんなさい。もっと早く起こしてくれればよかったのに……」

自分が寝坊したことを棚に上げて、ブランシュは思わずルシアンを睨（にら）んだ。

「あんまり気持ちよさそうに眠っていたから、起こすのが忍（しの）びなくてな……」

その言葉で、自分の未熟さに気づく。気恥ずかしさがこみ上げてきた。

「ごめんなさい。自分で起きないといけませんでした」

ルシアンはすでに身だしなみを整え、すぐにでも旅立つ準備ができている。

ブランシュは、慌てて毛布を撥（は）ね除けた。

ベッドでゆっくり眠れたせいか、目覚めはとてもすっきりとしていた。いつもより調子がいいくらいだ。

「すぐに準備しますね」

「ああ」

ルシアンの眩しい笑みに、ブランシュの胸はどくりと大きく波打つ。

美形の笑みとはそれだけで胸が騒ぐものなのだと、ブランシュはいまさらながらに気づく。まともに彼の顔を見られないまま、ブランシュは洗面所へ向かった。

歯を磨いて、顔を洗って、髪を結い上げる。いつもは侍女の手を借りているので、自分で結うのは少し時間がかかったが、なんとか仕上げて昨日着ていたドレスに袖を通す。

身支度を整え終えたブランシュは鏡の中の自分を見つめた。

(今日も一日頑張ろう。ルシアンの言動にいちいちドキドキしないように気をつけるのよ、ブランシュ!)

彼女は鏡の中の自分に言い聞かせる。

部屋に戻って忘れ物がないことを確認して、ふたりは宿を発った。朝食の時間は過ぎていたけれど、ルシアンが宿の女将にサンドイッチを作ってもらっていたので、食べ損ねずに済んだ。マートンへ向かう道すがら食べることにする。

少し歩いたところで木陰を見つけて足を止めた。

ルシアンは着ていたマントを脱いでから草を払い、敷物代わりに毛布を敷く。促され、ブランシュはありがたく腰を下ろした。

適度な運動のおかげでとてもお腹がすいていたブランシュは、サンドイッチを頬張る。

「美味しいか？」

「ん……、美味しいです」

ブランシュはサンドイッチを呑み込んで返事をした。

外で地面に座って食事をするのは、ブランシュにとって初めての体験だ。行儀が悪いとは思うけれど楽しい。

「ほら、口の周りについてるぞ」

「え、どこですか？」

ブランシュが確認する間もなく、ルシアンの指が伸びて唇の端についていたソースをぬぐい取る。

自分とは異なる硬い肌の感触に、ブランシュの背筋をぞくりとなにかが駆け抜けた。

「あ、ありがとうございます」

ブランシュはどぎまぎと返事をして、再び食事に集中する。

決意を新たにしたばかりなのに、またもや彼の行動にどきりとさせられてしまう。王族の行動としては完全に失格なのだが、どう振る舞うのが正解なのかブランシュにはわ

からない。

食事を終えて歩き始めても、ブランシュの胸は落ち着かなかった。

(クロエ……、助けて。こんなとき、どうしたらいいの?)

ブランシュはこの場にいない侍女に心の中で助けを求める。当然返事はなく、黙ったまま視線を周囲に向けた。

昨日の草原とは違って、荒地ばかりが目につく。羊のような動物もあまり見かけない。

ブランシュは黙々と足を動かし続けた。

マートンに近づくにつれて、景色はどんどん変化していく。荒地よりも砂漠に近くなり、水場や途中で休憩する場所が減っている。

ブランシュは日差しの強さに顔をしかめた。地面からの照り返しが強く、くらくらする。

「これをかぶっていろ」

ブランシュの不調にすぐに気づいたルシアンは、荷物から新たなマントを取り出して彼女の頭にかぶせた。

「少しは日よけになるだろう」

「ありがとうございます。でも、ルシアンが困るのでは?」

「俺は慣れているから問題ない。あまり外を出歩かない者は、日差しにあたっているだけで疲れてしまうからな。マートンに行けば、おまえにちょうどいいマントも手に入る。あとちょっとだけ我慢してくれ」

「我慢だなんてとんでもない。では、ありがたくお借りします」

ブランシュはマントを頭からすっぽりとかぶった。

暑いかもしれないと思ったが、意外と通気性がよく、日を遮ってくれて涼しい。

マントのおかげで、ブランシュはさほど体力を消耗することなく順調に道のりを進んだ。

小さな丘を越えると、次第に緑が目につくようになる。

岩や小石の転がる砂漠の景色が続いたあとで、マートンの街が見えてきた。

ブランシュはほっと息をつく。きっと多くの旅人が同じように感じることだろう。

街に隣接する大きな港には、遠くからでも大きな帆船が数隻停泊しているのがわかる。

ほとんどの建物は積み上げられたレンガでできていて、かなり重厚な印象を受ける。

かと思いきや、中央の庁舎は大きな石の柱で支えられ、屋根のあたりは優雅なアーチを描いていてとても芸術的だ。

（ふわぁぁぁ！）

ブランシュは自分の目的も忘れて、異国情緒のある風景に見入る。

「ここがマートンの街だ。大きな港があって、交易が盛んに行われている」

「だからギルドがあるんですね」

「そういうことだ」

ルシアンはよくできましたというように、彼女の頭を撫でる。

街の入り口には大きな岩が鎮座していて、その前には兵士が立っていた。

ルシアンが兵士に挨拶をすると、槍を持った猫科の獣人が軽く手を上げて敬礼をした。

「マートンへようこそ。泊まりなら急いだ方がいい。直に砂嵐がくる」

「それは大変だ。大きいのかな？」

「この時季はまだ大丈夫だ。夜中には過ぎ去るだろうさ」

兵士は長く細い尻尾をぶんぶんと振っている。

「ありがとう」

兵士の忠告をありがたく受け取り、ふたりは急ぎ足でマートンの街に駆け込んだ。

マートンはブランシュがこれまで見たどの街とも違っていた。土色のレンガを積み上げた家が建ち並び、窓は高い位置にとても小さく作られている。

門から中心部にある庁舎まで、大通りが街を貫いている。庁舎を中心に商店街が広がり、さらにその外側に住宅が並んでいる。

ふたりは商店街と住宅の中間あたりを目指した。

「砂嵐については耳にしたことがあります。対策をしなくても大丈夫なんですか？」

「乾季にはよくあることだ。大きい砂嵐がくると空が真っ暗になる。そうなったら、家の中で通り過ぎるのを待つしかない。今日はそこまではなさそうだが、急いだ方がいいだろうな」

行き交う人が家路を急いでいるところを見ると、あまり猶予はないらしい。

宿屋の看板には枝や冠が描かれていることが多いので、それを目印に今日の宿を探す。

「あそこだ！」

緑の枝が描かれた看板を見つけ、ルシアンが指をさす。ふたりで勢いよく宿に飛び込んだ。

「いらっしゃい。ふたりかい？」

エプロンを着けた主人がふたりを出迎える。

「ああ、部屋は空いているか？」

「運がいいね。最後の一部屋だよ」

「じゃあ、二晩、頼む」

ルシアンはさっさと代金を支払った。

いう。

宿は三階建ての建物で、食堂と宿が一緒になっているらしい。二階と三階が客室だと
主人に先導されながら三階へ上がる。

通された部屋はブランシュが普段暮らしている王宮ほどではないにせよ、かなり上質な部屋だった。続き部屋になっていて、寝室と応接室に分かれている。

「ごゆっくりお過ごしください。今夜は砂嵐がきそうです。朝までは宿から出ない方がいいですよ。砂まみれになりたいなら別ですがね」

「わかっている」

主人が軽口を叩いて部屋を出て行くと、ブランシュはどさりとソファに腰を下ろした。

「大丈夫か？」

ぐったりとソファに沈み込んだブランシュの頭を、ルシアンの大きな手がくしゃりと撫でた。

「さすがに少し疲れました」

「無理をさせてすまない」

「いいえ、私の体力が足りないだけですから、気にしないで」

ブランシュは自分の体力のなさが情けなくなって、肩を落とす。

ちょっと休むつもりで目をつぶったところで、ブランシュの記憶は途切れた。

「ブランシュ、いま寝ると夜眠れなくなるぞ？」

「ん……？」

身体を揺さぶられたブランシュは、半分眠ったまま、むにゃむにゃと口を動かした。

ルシアンは苦笑して、もう少し強く彼女を揺さぶった。

「ブランシュ、眠るのならば夕食を食べてからだ」

「あれ、ルシ……アン？」

ブランシュは半分ほど目を開いた。意識はまだぼんやりとしていて、現実感が薄い。

彼が隣に腰を下ろすと、柔らかな尻尾が手に触れた。

ずっと気になっていて、触れたかったことを思い出す。

「ねぇ……、尻尾に触れてもいい？」

その途端ルシアンの身体が強張（こわば）る。

（私、寝ぼけてた？）

ブランシュの意識は一気に覚醒（かくせい）した。とても変なことを口走ったような気がする。

ルシアンはしばらく動きを止めていたが、やがて大きなため息をつき、ブランシュに向き直る。

「いいか、ブランシュ。俺ならばいいが、絶対に他の獣人にそんなことを言うな」

「え？」

それほど大それた望みを口にしたつもりはなかったのだが、どうやら大きな失敗だったらしい。

「獣人にとって尻尾や耳というのは、弱点となる非常に繊細な部位だ。だからよほど親しい間柄でなければ触らせない。恋人や伴侶のような存在であれば別だがな」

ルシアンの説明を聞き、ブランシュはさっと青ざめた。気持ちよさそうだから触れてみたいと思っただけで、そんな意味を持つとは知らなかった。

「そんな……、ごめんなさい」

ルシアンの顔が唐突に近づいてきて、ブランシュは目を瞠る。彼のたくましい腕が背中に回り、強く抱きしめられた。

制止する間もなく彼の顔が目の前に迫って、唇が重なった。

温かく、柔らかな唇の感触に、ブランシュは目を大きく開く。

彼のアイスブルーの目が、切なげに細められている。

ブランシュの胸はきゅっと締めつけられた。身体が固まってしまい、拒むことも目を閉じることもできない。

その間も、なんどもキスが降ってくる。ちゅ、ちゅ、と触れ合うだけのキスは、とても長いようにも、短いようにも感じられた。

ルシアンは一瞬強く彼女を抱きしめたあと、ゆっくりと腕を離す。いつの間にか身体に巻きついていた尻尾がするりと離れていき、ブランシュの胸に一抹の寂しさがこみ上げた。

「こんな風にキスされたくなければ、絶対に言ってはダメだ」

「申し訳ありませんでした」

もう一度彼の目を見つめる勇気はなかった。顔から火が出そうなほど恥ずかしい。

「すまん。嫌だったか？」

「嫌……では」

ブランシュはふるふると首を横に振った。

初めての感覚で戸惑ってはいたが、決して嫌ではない。それどころか、熱くて、柔らかくて、ふわふわと心が浮き立つような不思議な心地よさがあった。

世の恋人たちは皆、こんな風にふわふわとした気持ちを味わっているのだろうか。

「よかった」

ルシアンがほっとした表情を浮かべる。

これまで、彼の強気な表情しか見たことのなかったブランシュは、ぎゅっと胸が疼いた。

「本当に不躾なことを口にしてしまって、ごめんなさい」

ブランシュはすっかり恐縮して小さくなる。

「どうしても触れたいのなら構わん。だが、尻尾はかなり繊細なんだ。そっと触ってほしい」

「いいんですか？」

恋人や伴侶でなければ触らせないと言っていたのに、いいのだろうか？

彼女の疑問は顔に出ていたらしい。

ルシアンはふわりと笑って、彼女の頬に手を伸ばす。

「番であるおまえならば、構わない」

ブランシュは自分が番だと宣言されていたことを、いまさらながら思い出した。戸惑いはあるが、ここで機会を逃せば二度と触れる機会はないかもしれない。

「触れないのか？」

ルシアンがふさりと尻尾を揺らした。

こんな誘惑に逆らえるはずがない。ブランシュはごくりとツバを呑み、そっと手を伸ばした。

「じゃあ……、触りますよ?」

許可を得たブランシュはそっとルシアンの尻尾の中央あたりに触れた。優しい手つきで、毛並みを確かめるように撫でる。

「やわらかい……。もふもふしてて……温かい」

ブランシュはうっとりとした表情を浮かべた。

彼女の様子を見守っていたルシアンが、唐突にぶるりと身体を震わせる。

「どうかしました?」

「いや……。ああ、そろそろ、マズイかもしれない」

「えっ?」

ブランシュは弾かれたように尻尾から手を離す。

「大丈夫ですか?」

彼女はおろおろとうろたえた。

「どうして尻尾に触らせるのが恋人や伴侶だけだと言ったのか、わかるか?」

ルシアンは唐突に彼女の耳元に顔を近づけ、低い声でささやいた。

「獣人のあいだでは、獣相——つまり尻尾や耳の部分に触れたいと告げることは、求う?」

愛の言葉となる。そんな相手が敏感な場所に触れてきたら、どうなるか想像がつくだろ
まさかそんな意味が隠されていたとは知らず、ブランシュは飛び上がって驚く。

「どう、なるのですか……?」

「聞かない方が身のためだと思うぞ」

獰猛な笑みを浮かべるルシアン。ブランシュは慌てて立ち上がり、寝室に逃げ込んだ。

「もう、ルシアンの意地悪!」

ブランシュは思わず独り言を漏らした。

恥ずかしくて、胸がどきどきしてなかなか落ち着かない。

ブランシュは明日のことを考えて、もう眠ることにする。どきどきしすぎて夕食を食べられるような気分でもない。疲れていることもあって、いまは身体を休めることを優先したかった。

ふうと大きな息を吐いて、のそのそとベッドの上に横たわる。目をつぶると、ルシアンの艶めかしい笑みが浮かんできた。

(もう、どうしよう……。眠れないかも)

ブランシュはきつく目をつぶって寝返りを打つ。

窓の外ではごうごうと砂嵐の吹き荒れている音がして、時折パラパラと小石が壁に打ちつけられている。その音を聞きながら、ブランシュはいつの間にか、ぐっすり眠り込んでいたのだった。


翌朝、目が覚めたブランシュが隣のベッドに視線を向けると、ルシアンの姿はなかった。

わずかに乱れたシーツが、そこで眠っていた痕跡を示すのみ。

身支度を調えて応接室に移動すると、やはりルシアンは起きていた。

「おはよう」

「おはよう……ございます」

昨日の獰猛(どうもう)さはかけらもなく、今朝の彼は少し気だるげだ。

「よく眠れたか？」

「はい、ぐっすりと」

「砂嵐がうるさくて眠れないかと思ったが、それならばよかった」

そういう彼の方が眠れなかったのではないだろうか。あまり調子がよさそうには見えない。

「今日はギルドへ行く。おまえの乗っていた船の手がかりがあるかもしれない」

「はい」

本日の予定はすぐに決まった。

宿を出ると、ゆっくりと街の様子を眺めながらギルドへ向かう。

昨日の天気が嘘のように空は晴れ渡り、雲一つ見当たらない。

けれど砂嵐の名残は街のあちこちに見られた。木々の枝は傷んで無残な姿をさらしているし、通りはひどく埃っぽい。

やはりルシアンの言う通り、早めに宿に入ってよかった。

そんなことを考えているうちに、市場の一角にある、屋台のテントが立ち並ぶ場所が目に入る。

この街では宿で朝食を提供しておらず、代わりに屋台で朝食を食べるのが一般的らしい。

あたりに立ち込める香辛料の香りに刺激されて、ブランシュのお腹が小さく鳴った。

昨夜は、結局夕食を食べずに眠ってしまった。それを思い出すと余計にお腹がすいてきた。

ルシアンがにやりと笑った。

「まずは、腹ごしらえ、だな」

ルシアンは、すぐに食べられそうなものをいくつか買ってくれる。

「ほら、これも食べてみろ」

包み紙を開くと、薄く焼かれたパンに肉や野菜が挟まれたカバーブという料理が出てきた。

すでにカバーブを食べ始めている彼が、視線で食べるように再度促してくる。ブランシュはかぷりとパンに噛みついた。

葉野菜と肉、そして甘酸っぱいソースの味が口中に広がる。

「ん！　美味しいっ」

少し味の濃い肉と葉野菜を合わせてあるのでしつこくなく、野菜のしゃきしゃきとした食感も楽しめる。ブランシュはこの料理がとても気に入った。

「ほら、飲み物もある」

「ありがとう」

金属製のマグに入った果実水を彼から受け取って、口を潤す。

屋外で食事をするのは慣れないが、この美味しさは王宮では味わえないものだろう。

ほんの些細なことが楽しくて、過ぎ去っていく時間が惜しくなる。

コンスタンス号の行方がわかり、国の者たちと合流したら、ルシアンとの旅は終わり。

別れを予感して、ブランシュの胸はかすかに痛んだ。

朝食を屋台で済ませたふたりは、そのまま市場を通ってギルドへ向かうことにした。

市場には様々な店が並んでいる。食料品や衣料品だけではなく、宝飾品や煙草、お酒などの嗜好品を扱う店も多くあった。

「なんだか、宝飾品を売るお店が多いみたいですね」

「このあたりにはいくつか鉱山がある。宝石や貴石も採れるが、金や銀の方が産出量は多いな」

通りかかった宝飾店の前で足を止めたルシアンが、鮮やかな青色の貴石を加工したブレスレットを手に取った。

「これなんかはどうだ？」

「素敵！　でも……」

なにからなにまで彼の世話になりっぱなしだ。必要なものならば仕方がないと思えるが、装飾品はなくても困らない。ブランシュは首を横に振った。

「マートンに来て、なにも宝飾品を買わないのは損だぞ。それに、レディにプレゼントの一つもできないなんて、男がすたる。思い出に一つくらい持っていてもいいだろう？なにか気になるものはないのか？」

強引にすすめてくるルシアンに、ブランシュは根負けする。

「あの……、でしたらあれを」

ブランシュは壁にかけられた、銀の首飾りを指さした。

鎖の中央にはオオカミの牙を模した銀の飾りがついている。

「店主、あの首飾りを見せてくれないか？」

「お客さん、なかなかお目が高いね」

ルシアンが声をかけると、店主は愛想笑いを浮かべて応じた。そして首飾りを取り外し、ふたりの前に差し出す。

「触ってみてもいいですか？」

「もちろんですよ、どうぞゆっくり見ていってください！」

冷たい牙の感触は滑らかで、ブランシュはとても気に入った。

「銀じゃなくて金の首飾りもありますよ？」

ブランシュが手にしているものよりも少し高そうな首飾りを、店主はすすめる。

「いいえ、これがいいの」

銀色の牙はどこかルシアンを思わせる。身につけるのならば金ではなくて銀がよかった。

これがあればきっと彼と別れるときがきても、思い出のよすがとなるだろう。

「ではそれをもらおう」

「お買い上げありがとうございます」

ルシアンは支払いを終え、「すぐにつけよう」と言い出した。

「ほら、うしろを向いて」

ブランシュが彼に背を向けると、ルシアンは首飾りをつけてくれる。

「ありがとうございます」

「どういたしまして。レディを着飾らせるのはオスの楽しみだからな。ああ、人が増えてきたから、はぐれないように手を繋ごう」

嬉しそうに差し出されたルシアンの手を、ブランシュははにかみながら握った。

店を出てしばらく歩くと、インク壺と羽根ペンが描かれた大きな看板がある建物の前で、ルシアンは足を止めた。いかつい武装をした男たちや商人らしき人々が忙しなく出入りしている。

どうやらここがギルドのようだ。

「入るぞ」

ルシアンは慣れた様子で建物の中に入っていく。

雰囲気に少し腰が引けつつも、ブランシュは手を引かれて彼に続いた。

あまり客はおらず、受付のカウンターの向こう側では数人の職員が忙しく働いている。

ブランシュたちが受付に近づくと、すぐにギルド職員が声をかけてきた。

「どのようなご用件でしょうか？」

「探しものをしている」

「ご依頼でしたら、あちらのカウンターでうかがっております」

職員が隣のカウンターを示した。

「いいや、もっと特別なものだ」

ブランシュの位置からではよく見えなかったが、ルシアンはなにかをカウンターの上で職員に示す。その途端、ギルド職員の顔色が変わった。

「でしたら、あちらで別の者がお話をうかがいます」

別の職員に案内されて、応接室のような場所へ通される。そしてさほど待つことなく壮年の職員が現れた。

「我らを庇護する偉大なるお方にお会いできて嬉しく思います。ギルド長のマルクと申します」

「ルシアンだ。今日は公（おおやけ）の身分でここを訪れたわけではない。楽にしてくれ」

ルシアンはそう言って、かぶっていたフードを外す。

ふたりのやり取りで、ルシアンが身分を明かしたのだとわかった。

「承知いたしました。ルシアン様がおっしゃるならば、お言葉に甘えさせていただきましょう。ちなみにこちらのお嬢様は？」

ギルド長は肩の力を抜くと、ブランシュを見る。

油断のならないギルド長の眼差しに、ブランシュは内心たじろぐ。しかし王族として受けた教育のおかげで、感情を表に出すことなく視線を受け止める。

「俺の連れだ。詮索は遠慮してくれ」

ルシアンはそれ以上話すつもりはないことをきっぱりと示す。

「承知しました。さて、なにかをお探しだとうかがいましたが？」

「傷ついた大きな渡り鳥が、どこかの港へ逃げ込んだという話は聞いていないか？」

「ほう？　渡り鳥……ですか」

ギルド長は自らの顎髭に手を伸ばした。髭を撫でながら思案する。

ルシアンの言う渡り鳥とはコンスタンス号のことだろう。はっきりと口にしないのは、情報が漏れることを警戒しているのかもしれない。

ブランシュはルシアンの邪魔をしないように、黙って見守る。

「それならばいささか私にも心当たりがございます。が、なにをもって対価となさいますかな？」

「ふん、食えん親父だ」

「公でのご訪問ではないとうかがいましたので、対価はいただきませんと」

　ギルド長の言葉に、ルシアンは少し考えてから答える。

「ならば情報、でどうだ？」

「なるほど。ルシアン様がおっしゃるのであれば、対価に相当する情報でしょうな。構いませんよ」

　ふたりのあいだであっさりと取引が成立する。

「渡り鳥が襲われたという話は、聞き及んでおります。昨日にはこの街の港に立ち寄る予定だったのですが、いまだに到着したという話は届いておりません」

（まさか、沈んでしまったの？）

　ブランシュは思わず椅子から身体を浮かせた。

「そんな話なら、港でちょっと話を聞けばわかる。俺がそんな情報に対価を払うと思うのか？」

　ルシアンが失望したと言いたげに、ギルド長を睨む。

ギルド長は慌てて手を横に振った。

「まさか！　ここまでは世間話の内です。我らが提示できるのは渡り鳥のおおよその行方と、渡り鳥を襲った獣の手がかりくらいです」

「ならば、両方を教えてくれ」

「承知しました。怪我をした渡り鳥を見たという者がおります。三日ほど前のことでしょうか。傷は大したことがない様子で……」

ブランシュはホッとして、大きく息を吐いた。ギルド長は話を続ける。

「どうやら渡り鳥は再び襲われるのを恐れて、マートンより北の海岸線に向かうことにしたようです」

「北か……。ならばカーライルあたりか？」

「かと思われます。渡り鳥を狙ったのは、猫のようですが……海上を飛ぶ鳥を仕留めるのは難しかったのでしょう。仕留め損ねた獲物を追って北へ向かうのかと思えば、このあたりに留まってなにかを探しているようです」

「ふうむ……」

ルシアンは人差し指を口に当て、考え込んでいる。

一方のブランシュは気が急いていた。船を襲った犯人がこのあたりにいるという話は気になるが、それよりもコンスタンス号が向かったという北へ向かいたい。

「なるほど。情報としては十分だ。ならば、こちらも対価を支払わなければならないな」

「お願いいたします」

ギルド長が軽く頭を下げた。

「群れからはぐれた窮鳥が、俺の懐にいる。俺の手から番を奪うつもりなら相応の覚悟が必要だろう。みすみす猫に奪われるつもりはない」

「まさか……！」

ギルド長は目を見開く。そしてブランシュを凝視し、ルシアンに視線を戻した。

「おめでとうございます、と申し上げてもよろしいのでしょうか？」

「いまはまだそのときではない。が、そう遠くもない」

「なるほど、なるほど。それはなによりの知らせですな。十分な対価となります。いろいろと忙しくなりそうですなぁ」

「そういうことだ。実に有意義な時間だった」

「こちらこそ、またお取り引き願いたいものです」

ルシアンはギルド長と握手を交わした。

そしてマントのフードをかぶりなおしたルシアンと部屋を出ると、ブランシュはあの場では聞けなかったことを尋ねる。

「対価があのような情報で足りたのでしょうか？」

自分がルシアンに保護されているというだけでは、大した情報ではないような気がした。オルシュにとっては重要だが、グランサムにとってはさほどの価値はないはずだ。

ルシアンは足を止め、驚いた表情でブランシュを見つめた。

「ん？　俺とブランシュが結婚するというのは、十分な情報だろう？」

「いつ、そういう話に？」

ブランシュは彼の求婚を承知していない。オルシュ国王である父の許しが必要であることはルシアンもわかっているはずなのに。

「番を見つけた獣人は諦めない。番を失うということは、生きる目的を失うことと同義だ。だから俺が番を見つけたことは、結婚が決まったも同然。王族が結婚するとなれば、様々な経済効果が生まれ、商人にとっても稼ぎどきになる。それでは対価にならないか？」

「番に対する認識というのが、そこまでだとは……」

「俺はおまえを手放すつもりはない」

ルシアンの真剣な眼差しに、ブランシュの心臓は飛び出してしまいそうになる。

ルシアンの顔が一気に近づいたかと思うと、頬に口づけを落とされた。

はっと気づいたブランシュが怒るよりも早く、彼はなにごともなかったかのように顔を離した。

ブランシュは恥ずかしさのあまり、彼の顔を見ることができない。

「ルシアン！」

ブランシュは非難の声を上げる。彼の気持ちは嬉しいけれど、ブランシュには想いを返すことはできなかった。

「それだけは、覚えておいてくれ」

ルシアンは彼女の手を取ると歩き始め、話を戻す。

「どうやら俺たちが次に向かわなければならないのは北のようだな」

「カーライルという街へ行けば、みんなや船は見つかるでしょうか？」

「おそらく。カーライルもまた港街なんだが、船大工も多いし、修理が必要なほどの傷を負っているのならば、そこに向かうはずだ。このあたりはおまえを襲った者がうろついているというし、なおさら北に向かった方がいい」

「カーライルへ行くには、どうやって？」

「海路なら一日もあれば着く。マートンから定期船が出ている。だが、船上で襲われると逃げ場がない。安全を第一に考えるなら、陸路だな。陸路だとおまえの足で四日くらいか……」

「速度優先で……お願いします」

再び船に乗るのは、海に落ちたときのことを思い出して怖い。

苦しくて、冷たくて、本当に死んでしまうかと思った。できればしばらく船には乗りたくない。

だが、王族としての義務を優先するのであれば、一刻も早くコンスタンス号と合流すべきだ。きっとコンスタンス号のみんなはブランシュのことを心配しているだろう。彼らに自分の無事を伝えたかった。

「どのみち定期船は明日の昼まで出港しない。もう少し旅が続くのならば少々買い足したいものもある。この街を発(た)つのは明日だな」

「そうですか……」

すぐには出発できないと知って、ブランシュはがっくりと肩を落とす。

そんな彼女をルシアンは慰(なぐさ)めた。

「自力で動けるというから、コンスタンス号はそれほど心配しなくとも大丈夫だ。それに、すぐに追いつける」

「そうですね」

ルシアンの言葉にいくぶんか気を取り直して、ブランシュはうなずく。

「どうやらもう少しお世話にならなければならないようです。お手数をおかけしますが、よろしくお願いします」

「ああ、任された」

胸を叩いて請け負ったルシアンに、ブランシュは頭を下げた。

すぐにコンスタンス号と合流するのは難しそうでも、彼らの大体の行方はわかったし、追いつく手段も見つかった。

ルシアンがいなければ、途方に暮れていただろう。

（それに……もう少しだけルシアンと一緒にいてもいい理由ができた……）

ブランシュの口元には知らないうちに笑みが浮かんでいた。

「そうと決まれば、今夜の宿を見つけて、買い物をしようか」

「まだ買い物が必要なのですか？」

ブランシュは首を傾げた。

「カーライルはここよりも寒い。風邪をひきたくなければ、ここで厚手の服を買っておいた方がいい。俺もなにも持たずに城を飛び出してきたから、少し買い足しておきたい」

「わかりました」

そんなわけで、ふたりは新たな着替えを入手すべく、ドレスの絵が描かれた看板の店の扉をくぐった。

店にはオルシュでもよく着られているようなドレスもあれば、異国風なもの、前衛的なものまで、様々な服が並んでいた。

交易が盛んな港町ならではの品ぞろえに、ブランシュは目を瞠った。

「フード付きのコートも忘れずに買った方がいい。雨も防げるし」

「なるほど。そうします」

ブランシュはルシアンの助言に従って、毛皮が裏打ちされたコートを探す。

ブランシュが品定めをしていると、ルシアンがドレスを差し出してきた。薄いドレープが数枚重なっていて、ビーズがびっしりと縫いつけられている。

「これを試着してみてくれ」

「はい」

どうやらコルセットがなくても着られるドレスのようだ。コルセットのないドレスは、寝間着や室内着としてはよくあるが、夜用のものは珍しい。

ブランシュがそれを試着すると、ルシアンはアイスブルーの瞳を輝かせた。

「ああ、思った通りだ。美しい」

うっとりとした目で見つめられて、ブランシュの頬がかっと熱くなる。彼の視線が面映ゆかった。

「どうだ？　大きさは問題ないか？」

「はい。ですが、ずいぶんと新しいデザインですね」

ブランシュはドレスを見下ろした。

コルセットが不要なデザインはとても革新的だ。スタイルがよくなければ美しく見えないので、着る人を選ぶ。

「よし。では夜用のドレスはこれにしよう。あとは昼間用だな」

結局ドレスを二着と、下着、ブーツとコートをルシアンの見立てで購入した。

「ありがとうございました」

「あまりに美しすぎて、閉じ込めて誰にも見せたくない」

直接的な褒め言葉に、ブランシュはどう返していいかわからずうつむく。

これまでは王女に対する社交辞令だと、冷静に判断できたのに、ルシアンが相手だとどうにも調子が狂う。彼が嘘偽りない心で言っているのがわかるから、否定もできない。

それを察してか、ルシアンが小さく笑った。

「次は俺の買い物に付き合ってくれ」

「喜んで！」

すぐ近くの紳士服の店に移動して、今度はルシアンの服を吟味する。

ルシアンはフロックコートとオーバーコートを購入した。

店を出て、ルシアンが手を差し出した。ブランシュは自然に彼の手を握り返す。

ふたりで手を繋ぎながら歩いていると、女性の視線がちらちらとルシアンに向けられることに気づく。

マントを身につけていても立派な体躯は見て取れるし、フードの間からは整った容貌が覗いている。そんな彼に見とれてしまう気持ちは、ブランシュにもわかる。

（でも、なんだか胸がもやもやする……）

ブランシュはもやもやの原因がわからないまま、街の様子を眺めた。

優美な曲線の装飾の多いオルシュの建物とは違い、グランサムは質実剛健という印象が強い。あまり曲線はなく、直線的な意匠が多く使われ、古い建物も大切に残されている。

ジェノバは国土の大部分が砂に覆われ、非常に熱く気候の厳しい土地である。けれど厳しい自然とは裏腹に、その建築様式は官能的な曲線を描くものが多い。さらに精緻なモザイクで彩られており、とても色鮮やかだ。

ジェノバとグランサムの文化が入り混じり、マートンの街並みは不思議な雰囲気を醸し出していた。

「あとは、今夜の宿と乗船券の手配だな」

まずは乗船券を買うため、心地よい海風を頬に受けながら栈橋に向かう。

カーライルへ向かう船は、ルシアンが言った通り明日の昼頃に出港するらしい。無事、乗船券を購入できて、ブランシュは安堵した。

それから、少し休憩しようと人通りの多い公園のベンチに腰を下ろしたところで、ルシアンが申し訳なさそうな表情で口を開いた。

「ブランシュ、すまないがここでしばらく待っていてくれないか？」

突然のルシアンの願いにブランシュは戸惑う。

「どこへ？」

「ちょっと用事がある。おまえをひとりで残していくのは心配だが、それ以上に危険で連れていきたくない場所でな。ここならば人通りも多いし、白昼堂々襲ってくることはないはずだ」

これまで常にそばにいた彼が離れるというのだから、どうしてもしなければならないことなのだろう。

「構いません。私だって待つことくらいできます。心配せずに用事を済ませてきてください」

ブランシュは大きくうなずく。

「本当にすまない。すぐに戻る」

駆け出した彼の背中を見送って、ブランシュはベンチの背もたれに身体を預けた。

「はぁ……」

ひとりになると途端に心細くなって、ため息がこぼれる。

コンスタンス号に合流できそうな見込みは立ったが、船の損傷度合いが気になるし、自分のほかにも海に落ちた者はいなかったのかと、心配事ばかりが浮かんでくる。

少し気分を変えたくなって、ブランシュは立ち上がった。付近を散策しようと、桟橋の方に歩き出す。

海に見とれながら歩いていたら、段差につまずいてよろけてしまう。

「あ！」

「危ない！」

転びかけたブランシュの身体を、たくましい腕が抱き留める。

ルシアンが助けてくれたのかと思い、顔を上げると——そこにいたのは、首元から足首のあたりまでをすっぽりと覆う、ジェノバ風の衣装に身を包んだ若い男だった。彼は恐ろしいほど綺麗な笑みを浮かべている。頭部をグトラと呼ばれる布ですっぽりと覆(おお)っていて、吊り上がった目が印象的な青年だ。

少しうしろには、同じくジェノバ風の衣装に身を包んだ少年が立っている。青年よりも幾分か質素な服を身につけているので、おそらく従者だろう。

咄嗟(とっさ)にブランシュは王女としての仮面をかぶり、感情を隠す。王族として培(つちか)った勘が、目の前の男が油断のならない相手だと告げていた。

従者がいるということは、彼はそれなりの身分であるはず。

ブランシュは笑みを作りながら、ゆっくりと体勢を立て直す。

「助けてくださって、ありがとうございます」

「どういたしまして」

ブランシュを支えていた青年は、優雅な仕草で離れた。

「足元に気をつけた方がいい。思わぬところで足をすくわれることもあるからね」

いたずらっぽい笑みを浮かべる青年に、ブランシュは曖昧(あいまい)にほほ笑んだ。

「ねえ、俺はシリルだよ。君の名前を教えてくれない？」

「……ブランシュです」

「こっちは従者のレオンだ」

紹介を受けた少年はシリルのうしろで小さく頭を下げた。

「ブランシュはいい匂いがするね」

シリルと名乗った青年は、ひくひくと鼻を動かした。彼の言葉に、ブランシュの身体が強張る。

「ほのかに甘くて……開きかけの薔薇の蕾のようだ」

シリルはうっとりと夢見るような表情をしていて、ブランシュの背中にぞくりと震えが走った。

ルシアンの口から褒め言葉を聞いたときには感じなかったのに、シリルの言葉には得体の知れない恐怖を感じる。

「シリル様、初対面の方にその口説き文句はどうかと」

わずかに怯えるブランシュの様子に気づいて、従者の少年は青年の脇をつつくと、小さな声でたしなめた。

従者の叱責に気づいて顔を上げたシリルの瞳は、猫のように瞳孔が縦に細くなっている。おそらくは猫族の血を引く獣人なのだろう。

「あいにく、唯人である私にはそのような匂いはわかりません」

「そうか……、それは残念だね」

シリルはうっとりとした表情のまま、深く息を吸い込んだ。彼の金色の瞳がきらりと光る。

（なんだか……怖い）

ブランシュは逃げ出したい気持ちを必死に抑え、平静を装う。

「ありがとうございました」

ブランシュはツンとした態度で告げ、シリルたちの脇を通り抜けようとした。

「ブランシュ、あなたによき風が吹きますように」

不意にシリルは、旅の無事を祈る挨拶を口にした。

「あなたにもよき風のご加護がありますように」

「またね」

大仰な仕草で手を振るシリルを横目に捉えながら、ブランシュは足早に彼の脇を通り抜ける。

（旅は出会いだと聞くけれど、できることなら彼らとは二度と会いたくない）

ブランシュは走り出したくなる気持ちをこらえ、努めてゆっくりとその場を離れて、路地に入る。そっと背後をうかがうと、シリルと従者の姿はもうない。ブランシュはほっと息を吐いた。

「……ブランシュ」

そのとき、うしろから地を這(は)うような声が聞こえた。

「あ！」

振り向くと、ルシアンが厳しい表情で彼女を見つめていた。

「ベンチのところで待っていてほしいと頼んだはずだが？」

「……はい」

ぎらぎらと光るアイスブルーの瞳から目が離せない。野生の獣(けもの)に睨(にら)まれたように、ブランシュは固まってしまう。

「なんのためにあそこにいてほしいと言ったのか、わかっているのか？」

「ごめんなさい……」

黙ってあの場所を離れた自分に非があることは重々承知している。ここはひたすら謝って許してもらうしかない。

「……はあ」

ルシアンは大きな息を吐いたかと思うと、表情を緩めた。

「用事があるとはいえ、おまえのそばを離れた俺も悪かった。これからは互いに気をつけることにしよう」

「……はい。気をつけます」

ブランシュもほっとして、彼が差し出した手をつかんだ。

「なんだか、匂うな……」

ルシアンはくんと鼻をひくつかせると、ブランシュの首元に顔を近づける。

「ブランシュ、誰がおまえに触れた？」

「え？」

距離が近すぎて、ブランシュは思わず後退る。

「誰かが、おまえに触れただろう」

「転びそうになって、助けてもらっ――」

ブランシュが言い終わるよりも先に、ルシアンが彼女を抱き寄せた。

「俺以外のオスの匂いをさせるなんて、許せない」

ルシアンの目がギラリと光る。

「っあ！」

彼はブランシュの首筋に顔を埋めたかと思うと、噛みついてきた。痛いとまではいかない、絶妙な力加減でやわやわと食んでくる。

「っや……あ、ルシアン！」

甘い痺(しび)れが背筋を駆け抜け、ブランシュは身体を震わせた。背骨がなくなってしまったように力が入らない。

「すまない。しばらくのあいだでいい。抵抗しないでくれ。これでもぎりぎり、理性で抑えつけているんだ」

噛(か)まれた場所を熱くぬるりとした感触がなぞった。

「っ！」

首筋を舐(な)められているのだと気づいたブランシュは、声にならない悲鳴を上げた。

胃のあたりがぞわぞわとして落ち着かない。

「だめ、こんな場所で……、こんな……や、あ……」

走ったわけでもないのにブランシュの息が弾む。

いくら路地裏とはいえ、人の目がないとは限らない。ブランシュはルシアンを押しのけようと暴れた。

彼女の抵抗に、ルシアンは我に返る。

「すまない。ああ……」

ルシアンはふるりと身体を震わせたあと、首元に埋(うず)めていた顔をゆっくりと上げた。

「おまえを……愛している」

熱のこもったアイスブルーの瞳に、射貫(いぬ)かれる。しかし、ブランシュは彼の想いに応(こた)える言葉を持たなかった。

彼女がなにも答えずにいると、ルシアンはゆっくりと腕を下ろし、彼女を解放した。

ブランシュは、疼(うず)く首筋を手で押さえた。血は出ていないけれど、全身が心臓になってしまったかのようにどくどくと脈打っている。

恥ずかしさがこみ上げてきて、彼をまともに見ることができない。

ブランシュはパニックに陥(おちい)り、身を翻(ひるがえ)してその場から逃げようとした。

「急に逃げるのはダメだ。そんなつもりはないとわかっていても追いかけたくなる」

ルシアンは再び、彼女を腕の中に閉じ込める。

ふわりと彼の匂いがブランシュを包んだ。彼の身体は震えていて、理性を総動員させているのだとわかった。

「それは、獣人の習性ですか？」

「ああ、そうだ……。こういうときは、相手の目をじっと見つめて、興味が失せるのを待つんだ」

「もし相手が興味を失ってくれなかったら？」

「諦めるしかないな」

彼の顔が近づいてくる。触れるだけの優しいキスを、ブランシュは目を閉じて受け入れた。

(このまま時間が止まってしまえばいいのに……)

彼の想いに応える言葉を持たない自分が、その行為を受け入れてはいけないことは十分に承知している。それなのに、心は嬉しくてたまらなかった。

口づけは次第に深くなっていく。

「ん、はあっ……」

息苦しくて頭がぼうっとし始めた頃、ルシアンの唇が離れていった。

「俺のことが嫌いか?」

「いいえ……」

「じゃあ、好き?」

答えられるはずがない。沈黙は肯定と同じだと知っていても、うなずくことも否定することもできない。

ブランシュは唇を強く噛みしめ、うつむいた。

「そんなに唇を噛むな。傷になる」

ルシアンの指が噛みしめていたブランシュの唇をつっとなぞる。

見上げた途端、アイスブルーの瞳に囚われる。

切なげに細められた彼の瞳から、目が離せなかった。ブランシュの頬がかっと火照る。

(ずっとあなたと一緒にいたい。あなたのことをもっと知りたい)

「ああ、我慢できなくなりそうだ」

ルシアンは誘惑するかのように、甘い声でささやいてくる。

彼の顔が近づいたかと思うと、そっと頬に触れる感触がした。

「ふぁ……」

舐められたのだとわかり、ブランシュは慌てて頬を押さえた。

「やめて」

鼓動の音が彼に聞こえてしまうのではないかと思うほどうるさい。きっと頬も真っ赤に違いない。

「すごくかわいい。キスしたい。全身に噛みついて、俺のものだと印をつけたい」

ルシアンの尻尾がするりと足に巻きついてくる。

「だ、だめっ！」

耳元で低くささやかれると、それだけで力が抜けて立っていられなくなりそうだった。

情熱を宿したアイスブルーの瞳が、じっとブランシュを見つめている。

（ダメ……なのに）

好きだと告げるルシアンの言葉に、喜びを覚えずにはいられない。

「ブランシュ……」

その瞬間、ふわりと甘い香りがブランシュを包み込んだ。その香りを嗅いだ途端、ブランシュの頭はぼうっと霞がかかったようになり、なにも考えられなくなる。

香りはどんどん強くなり、ブランシュはむせかえるような香気に包まれ、夢見心地になった。

それから、どこを歩いているのかわからないまま、彼に手を引かれて歩いた。

ブランシュが我に返ったのは、一軒の上等な宿に入ってからだった。

「ルシアン？」

彼女の問いかけに答えることなく、ルシアンはずんずんと建物の奥に進んでいく。

もう話はついているのか、近づいてきた宿の従業員を軽く手を上げて制し、黙ったままブランシュの手を引いていく。

大きな扉を開けて部屋の中に入ってすぐ、ルシアンは後ろ手にドアを閉めた。

そして唐突にブランシュの唇を塞ぐ。

「ん……」

噛みつくようなキスをし、なんどもブランシュの口の周りを舐めるルシアン。さらには息が止まりそうなほど強く抱きしめてきた。

「おまえがどうしようもなく好きだ。一目見たときから、愛しくてたまらない」

「な、どう……したの？」

ブランシュは力を振り絞って、ルシアンを押しのけようともがいた。彼の胸に手をついて押しやろうと、力をこめた途端、甘い香りがさらに強くなる。

それが鼻の奥に広がると、ブランシュの『抵抗しなければ』という気持ちが薄らいでいく。持ち上げた腕が力なく垂れた。

先ほどから彼女が感じている甘い香りは、ルシアンが発しているようだ。

（やだ……私、おかしい……）

「待って……。私、ちょっとおかしい」

「待てないっ！」

ルシアンは普段の彼からは想像もできないほど荒々しい手つきで、ブランシュの首筋を撫でた。大きな手のひらが、ブランシュの襟足からうなじをたどる。

まるで獲物を狙う獣のようだ。

肌が粟立つような感覚に、ブランシュは身体を強張らせた。

「ふあっ……」

鼻にかかったような声が勝手に口から漏れる。

自分の口から漏れた声が信じられなくて、ブランシュは羞恥で身体が熱くなった。

彼の手がブランシュの髪をかき乱す。後頭部をつかまれ、逃げることも叶わず、深く口づけられる。角度を変えて、なんども口づけた。

「ん、っふ、あ……」

苦しさに小さく口を開くと、すかさず彼の舌が入り込む。舌を絡められ、軽く吸い上げられると、お腹の奥がきゅっと疼いた。

「……ぅん」

流し込まれた唾液を呑み切れず、口の端からこぼれ落ちる。その感触にさえ肌が粟立った。

(だめ……、なにも、考えられない)

彼が与える官能にブランシュは溺れていく。触れ合った部分がまるで蕩けてしまったかのように熱くなり、ひとりでは立っていられない。

「あつ……い」

崩れ落ちそうになったブランシュの身体を、ルシアンがすくい上げた。抱き上げられて、ベッドに下ろされる。

「すまない……。もっとちゃんと、おまえの気持ちが俺を向いてくれるまで待つつもりだった。だけどっ……、止まらない！　満月が、俺を、おかしくさせる……」

ルシアンのアイスブルーの瞳は欲情に濡れて光っていた。

ブランシュは焼けつくような彼の目から、視線を逸らすことができない。

「あっ……」

服の上から胸の膨らみを包み込むように触れられて、ブランシュは熱い吐息をこぼした。

背筋をぞくりとなにかが駆け上っていく。

「気持ちいいか？」

「わから……ない。でも……っぞわぞわする」

「ふ……、感度がいい」

捕らえた獲物を検分するかのような彼の視線に、ブランシュはぶるりと震えた。それが期待によるものなのか、それとも恐れによるものなのかは、自分でもよくわからない。

ルシアンが頭を下げたかと思うと、ブランシュの喉元に軽く噛みついた。

「っふあ、あ……」

胸元をはだけられて、白い胸に赤い花が刻まれていく。強く吸い上げられるたびに、痺れたような感覚に襲われ、下腹部に熱が溜まる。彼の手が胸に触れると、その頂は硬く立ち上がり、ドレスを押し上げた。

「ダメっ……」

「たまらなく、いい香りだ。……っはあ……っ、発情期なのに、これほどの香りを嗅いでは、我慢できないっ。はぁっ……」

ルシアンは全力で走ったときのように、荒い呼吸を繰り返している。つられるようにブランシュの吐息もいつの間にか荒くなっていた。

「っ……え？　発情……期？」

ブランシュはぼんやりしながらも、聞き慣れない言葉の意味を尋ねる。

「今夜は満月だ。オオカミの獣人は満月になると発情期に入る。番のキスで命を分け合ったおまえは、番である俺の影響を強く受ける」

ルシアンの手がブランシュの背中に回り、巧みな手つきでドレスを脱がせていく。

常ならばどうということはない布の感触が官能をかきたてる。肌の上を滑るだけでざわざわと身体の奥に熱が生まれた。

「はあっ……」

服を脱がされるあいだも、絶え間なく背筋やわき腹をそっと撫で上げられ、ブランシュはそのたびにわなないた。くすぐったいような、だがそれだけではない感覚が彼女を襲う。

「だから、わずかの刺激でもっ……強く、感じてしまう」

「ああッ、っや、あ……ん、くっ」

抑えようとしても叶わず、ブランシュの口からは勝手に甘ったるい声がこぼれる。

ドレスをすべて脱がし、一糸纏わぬ彼女の姿を目にしたルシアンは息を呑んだ。

「……っ。綺麗だ……」

彼女をうつ伏せにすると、ルシアンはあらわになった背中に唇を這わせる。

「っや、あ、だ……め……っ」

ブランシュの背中がしなり、美しいカーブを描く。

彼女の手は縋るものを探して、シーツの上をさまよった。

「それは……私も発情期……に入ってしまったと……いうこと？」

くらくらとする意識をどうにかこらえ、ブランシュは尋ねる。

「すまないっ。どうにか発情期を抑えられないかと、いろいろと試してみたんだが……。番を前にしては、抑制剤の効果も万全ではないらしい。ブランシュ、どうか俺を受け入れてくれっ」

ブランシュは抑制剤という言葉が気になった。けれど、彼の唇が背中を上るように移動し、うなじへと差しかかると、それどころではなくなる。

「っふ、あ……」

抵抗しなければと思うのに、腰のあたりに押しつけられた彼の熱さに身体から力が抜けていく。

「ルシアン、抑制剤って……、あぁ！」

聞きたいことはたくさんあるのに、じわじわと全身を蝕む熱が彼女の思考をかき乱す。

「やぁっ」

彼女の眦に涙が滲む。

「すまないっ。愛してっ……いる」

ルシアンが耳元でささやき、耳朶をそっと食む。

「愛を言い訳にするつもりは……ないが、自分を止められないっ……」

「あぁ……っん、……っあぁ」

首筋を噛まれたブランシュは、自分でも信じられないほど高く甘い声を上げてしまう。

「ルシ……アン」

シーツを強く握りしめてなんとかやり過ごそうとするが、胸を揉まれ、意識が飛びかける。

「ひゃ、あ、やぁ」

胸の突起を上下に揺らすように指で擦(こす)られて、背を走った快楽に、身体がのけぞる。

ブランシュの身体は熱に浮かされたように力が入らなかった。

「触っちゃ、だめぇ……」

ちぎれてしまいそうな理性をかき集めて、ブランシュは己(おのれ)の身体を抱きしめ、必死に湧き起こる情動に耐える。

けれど、荒い息をくりかえすルシアンに呼応するように、ブランシュの身体もまた不自然なほど熱くなっていった。お腹の奥が熱くなり、きゅうきゅうと疼(うず)く。

いつの間にか、とぷとぷと湧き上がった蜜が、泉から溢(あふ)れてシーツを濡らす。

「やぁ……、あつい」

熱が治まる気配は全くなく、出口を求めて、身体の中をぐるぐるとさまよう。まるで凶悪なマグマが出口を求めて地面の下で隙をうかがっているかのようだ。

「っは、あ、はあっ、はあっ」

ブランシュの息は彼に負けぬほど荒くなっていた。

彼の手が肌に触れるだけで、その部分が燃え上がるように熱くなる。どうにか理性をかき集めるそばから、彼の手が触れた場所にもっと触れてほしいという欲求が生まれる。

「やだ、助け……て、こわい、私の身体、どうなっているの？」

　ブランシュはぽろぽろと涙をこぼした。

「俺の発情に、引きずられているだけだっ。俺の所為にして、流されてしまえばいい」

　太もものあいだに彼の足が差し込まれると、全身が総毛立つような快感が走った。

「俺の……ものになってくれ」

　甘い毒のごとき声でささやかれ、ブランシュはついに理性を手放した。

「あついの……、助けて……っ」

　縋るように求めると、ルシアンは感極まってうなじに噛みつく。

「ああっ！　ブランシュ、ブランシュっ！」

　ルシアンは熱に浮かされたように彼女の名を呼ぶ。そしてその合間に、うなじをなんども甘噛みした。

「ふ……あア……」

　噛まれた場所から、ほのかな痛みと甘い疼きが全身に広がっていく。ブランシュはまともに考えられず、与えられる刺激に熱い吐息をこぼした。

　ブランシュは完全にルシアンの発情に同調していた。かすかに残っていた理性は失われ、とろりと潤んだ瞳で彼の愛撫を待ち焦がれている。

「ルシ……アン、たすけ……て」

ルシアンは小さな笑みを唇に刻んだ。陶然とした表情で、ブランシュのうなじから背筋に沿って唇を滑らせる。

ブランシュは彼に与えられる感覚にどうしようもなく翻弄されていた。

「っふぁあ、ゃあ、……ん」

「この匂い……、たまらないっ」

ルシアンがブランシュの胸に顔を埋める。胸のあいだから立ち上る彼女の香りにうっとりと目を細め、ひくひくと鼻を蠢かせた。

「っやあっ」

彼はブランシュの身体を仰向けにすると、足を大きく開かせ、最も強く芳香を放つその場所に舌を這わせる。

その馥郁たる香りを吸い込んだルシアンは、髪のあいだから覗く三角の耳をぷるりと震わせた。

ブランシュはぼんやりとルシアンの震える耳を見つめる。

（ルシアンも……おかしくなって……る？）

ブランシュが彼の様子を気にする余裕があったのは、そこまでだった。

彼女を快楽のるつぼへ突き落とそうと、ルシアンの舌が蕾を花弁の上からなぞった。

びりびりと背筋を駆け抜ける快楽に、ブランシュの口からひときわ高い嬌声がこぼれる。

「ひゃ……っあ、……やっ、それ、やっ」

シーツを強く握りしめながら、ブランシュはなんども首を横に振った。

(どうして、そんな場所……！)

ブランシュが現実を受け入れられないでいるあいだにも、ルシアンの舌は容赦なく花弁を割って蕾の中に侵入する。

蜜をしとどにこぼし、濡れて張りつくブラウンの叢をかき分けて、彼の舌が花弁のあいだをゆるゆると探る。

「おまえのここは、口とは違っていやとは言ってないが？」

ルシアンは舌の動きを止めると、わずかに顔を上げた。アイスブルーの瞳を爛々と輝かせ、ブランシュの恥じらう表情を、焼き尽くすような視線で見つめる。

ブランシュの身体は、彼の欲望に呼応するように熱く燃え上がった。

「……っ」

「ほら……、身体の声に従えばいい」

彼はわざと大きく舌を出して、花弁を舐め上げて見せつける。

くちゅりという蜜の音が、いやに大きく聞こえた。

彼の舌と視線に、そして淫猥な水音に耳を犯されながら、ブランシュは身体を震わせ、悶えた。

「っふ、ああっ、やあぁ」

ルシアンが執拗にその部分を舐める姿を見て、ブランシュの頭の中が羞恥で染まる。

(だめ、こんなの恥ずかしすぎるっ)

ブランシュはきつくシーツを握りしめ、与えられた快楽に身体を震わせることしかできない。

秘所の奥からはどっと蜜が溢れ、ルシアンをさらに駆り立てる。

ブランシュは恥ずかしさのあまり、目に涙を浮かべた。

「ブランシュ……」

愛しい番の涙に気づいたルシアンは、困りきった声で彼女の名を呼んだ。戸惑いながらもそうっと手を伸ばしかけて躊躇し、代わりに口を近づけ、こぼれそうになった涙を舐めとった。

彼の慈しむようなしぐさに、ブランシュの未知なるものに対する恐怖がわずかに和らぐ。

「怖いか?」

ブランシュは涙目になりながらもルシアンを睨んだ。しかし潤んでいるせいで、まったくと言っていいほど威圧感はない。

ブランシュは黙ったままこくこくとうなずいて、肯定の意を示す。

幼い仕草に、ルシアンの頬が緩んだ。

「かわいい……な」

ルシアンは耐え切れないというふうにブランシュに覆いかぶさり、今度は唇に口づけた。

「……っふ、……あ」

ブランシュは軽く唇を吸い上げられただけで、全身がさざ波のような快楽に包まれた。その波は絶え間なく打ち寄せ、引くことがない。

続けて舌を吸われ、更なる興奮が背筋を駆け抜ける。

互いの舌先が絡まり合う。深く、淫らで、いやらしいキスだった。

「っふ、あ……ん」

口づけに気を取られているあいだに、彼の指は蜜壺の入り口にある花の蕾を探り当てていた。蕾(つぼみ)を指で擦(こす)られたブランシュは、これまでとは比べ物にならない刺激に、びくびくと震える。

「っや、あ、だめ、ル……シ……アン！」

初めて味わう刺激に耐えられなくなり、ブランシュはルシアンの肩にしがみついた。

「イキそうなんだろう？　感じるままに身を任せればいい……」

「イ……く？」

涙をこらえながら、耳元でささやかれた言葉にブランシュはどうにか問い返す。

「そうだ。ほら、気持ちがいいだろう？」

ルシアンは尋ねると同時に、彼女の小さな蕾(つぼみ)を強く押しつぶした。

「あぁー……ッ！」

ブランシュの意識は真っ白に塗りつぶされる。がくがくと全身をわななかせ、快楽の頂点へ上(のぼ)りつめる。

「やっ、ああぁぁっ」

彼女を抱きしめる彼の身体にしがみつきながら、ブランシュは荒い息を繰り返した。

頂点を過ぎても、身体の奥にはなにか得体のしれないものが蠢(うごめ)き、疼(うず)いていた。

そんな彼女の状態を知り尽くしたかのように、彼女の耳元に低いささやきが落ちてくる。

「ブランシュ、おまえのすべてが……ほしい」

ルシアンの誘惑に、悦楽の余韻に震えるブランシュは逆らう術を持たなかった。

「ん……。わたしも……ほしい」

ブランシュはなにが欲しいのかもわからないまま懇願する。もう、なにも考えられない。ただ一つわかっているのは、なにかが満たされない限りこの熱が治まらないということだけ。

ルシアンは嬉しそうに目を細めると、蜜をこぼしている彼女の秘所にゆっくりと指を沈めた。

「っふ、っく……」

極めたばかりの身体は、わずかな刺激にも過敏に反応を示す。彼の指がじりじりと隘路を進み、道筋を押し開いていく。

彼女の蜜壺からこぼれた蜜が彼の手を伝い、シーツをしとどに濡らした。

彼の舌がブランシュの耳に伸びる。耳朶をなぞられ、ぴちゃりといやらしい水音が響いた。

「く……ふっ」

ブランシュは悲鳴が漏れそうになった口を、両手で押さえ、どうにかこらえる。

ルシアンの指はじれったいほどゆっくりと、丹念に彼女の内部をほぐしていった。

それでも誰も受け入れたことのないその場所は、指の一本でさえなかなか受け入れられない。

「っふ、あ……、っくる……っし」

ブランシュは顔を歪めた。

ルシアンは彼女の手を強引にどけると、ついばむように彼女の唇になんどもキスを繰り返す。その間も彼の指は蜜にまみれた花弁を探り、花芯を見つけ出す。内部と同時に刺激を与えてブランシュの苦痛をなだめるように動いた。

「やあぁ、も、熱いっ」

ブランシュは上ずった声で、切れ切れに限界を訴える。

身体は張り詰めて、いまにも上りつめてしまいそうなのに、苦しくて、あと少しだけ届かない。

痛みを与えないように甘く、優しい動きで労ってくれる一方で、決定的な快楽を与えてくれないルシアンが恨めしい。

（ルシアンの意地悪っ！）

緑の瞳を涙で滲ませながらもブランシュは彼を睨んだ。ルシアンの瞳が挑戦的に輝く。

「ちょうだいって、言ってごらん？」

「っ……は……」

「身体が熱くてたまらないだろう。ほら、言って？」

彼の低く艶めいた声が彼女の耳元で誘惑する。嬉しそうな彼の顔が憎らしい。

ブランシュの心は羞恥と欲望の狭間で揺れ動いた。

（熱くてどうにかなってしまいそう。でも、もっと気持ちよくなりたい。ルシアンとひとつになりたい。でも、そうなったら……私はどうなってしまうの？）

「お願いだ……、ブランシュ」

ルシアンのかすれたささやきが、彼女の心に残っていた逡巡を押し流す。ブランシュは朦朧としながらも、本能のささやきに従ってルシアンを求めた。

「ちょう……だい？」

「承知した」

ルシアンは満面の笑みでうなずく。

彼の手が、力なくシーツの上に投げ出されていた足を開かせ、彼女の腰を抱え込んだ。

灼熱の楔が秘所にあてがわれたかと思うと、その切っ先がゆっくりと内部に沈んだ。

十分にほぐれたそこは、ルシアンを受け入れ始めている。けれど、唯人でしかないブランシュには彼が大きすぎて、痛みが走った。

「……っあああッ！」

引き裂かれるような破瓜の痛みが彼女を襲う。

痛みから逃れようとシーツの上でもがく彼女の腰を押さえつけて、ルシアンはさらに奥へと分け入っていく。みしみしと内部を開く音が聞こえるようだった。

「っや、だ。痛い……よぅ」

「……っは、あ。ひとつ……だ」

痛みを訴える彼女とは対照的に、彼の顔は歓喜に満ちていた。

陶然とした表情を浮かべつつも、ルシアンは動かず、彼女の痛みが薄れる瞬間を待っている。

「すまない……。痛いだろう？」

「ん……」

彼はブランシュの唇にそっと噛みついた。

「愛している……」

ルシアンはなだめるように彼女に口づけた。舌を絡め合わせ、歯列をなぞられると、

キスに気を取られ、痛みが少しずつ和らいでくる。

息を奪うようなキスに痛みを忘れ、次第にお腹の奥が熱く疼きだす。

「ブランシュ、ブランシュっ」

キスの合間にささやかれる彼の声は、焦燥に満ちていた。

ブランシュは彼に強く求められていることを感じとって、彼が愛おしくてならなくなる。

痛みよりも愛しさが勝った瞬間、身体の一番深い場所で彼と繋がりあっているのだという感慨にぽろりと涙が溢れた。

ルシアンは彼女の目じりに滲んだ涙を舐めとって、顔じゅうにキスの雨を降らせる。

「まだ、痛いか?」

キスの合間に問われ、ブランシュは首を横に振った。浅い吐息で痛みを逃がしているうちに、繋がった部分から快楽を拾い始めていた。

「なんだか、あつい……の」

甘さを含んだブランシュの声に、もはや痛みは混じっていない。

ルシアンは満足げなため息を吐くと、ゆっくりと腰を動かした。

「っふ、あ、あついって……言ってる、のに!　るし……あん」

ブランシュは無意識のうちにきゅうきゅうと彼の剛直を締めつける。

「ああっ、ブランシュ、好きだっ」

強い締めつけに、ルシアンはたまらず彼女の腰をつかんだ。高みに向かって急き立てるように自らの腰を打ちつけ、剛直を突き立てる。

彼が腰を動かすたびに、ブランシュの頭の奥が痺れた。

「ん、わたしも、すき……っ」

ブランシュに、自分がなにを口走ったのかを理解する余裕は残っていなかった。

彼に激しく求められ、身体と心がこの上なく満たされていく。叶うならいつまでもこのままでいたい。

ふと気づけば、彼の楔の根元が内部でどんどん膨らんでいた。

それはオオカミの生存本能だった。精を注ぎ込むあいだに楔が抜けないようにするため、そこが膨らんで栓となる。

「っひ、あ、ああぁ。あつい、あついよぉ……!!」

びくびくとブランシュは痙攣する。

苦しさと、痺れるような快楽に、喉の奥から上ずった声が漏れる。叫んでいることにも気づかず、頭の中が真っ白になっていた。

ルシアンは彼女の腰に自らのそれをいっそう強く押しつけ、ブルリと身体を震わせた。

ルシアンはようやく白濁を最奥へと迸らせて、満足げにため息を一つこぼした。

「ブランシュ、俺の……最愛の番」

「ん……、あ……ア」

楔が脈打ち、白濁を注ぐあいだずっと、ブランシュは甘い吐息をもらした。視線はいまだ定まらず、宙をさまよっている。

しかし、満月がもたらした狂乱は容易には治まらない。破瓜の赤いしるしが白濁と共に秘所から溢れても、ルシアンの欲望は治まる気配を見せなかった。

「もう一度、いいか？」

すべてを吐きだしたルシアンは、荒い呼吸を繰り返す彼女の耳元でささやいた。埋められたままの楔はいまだ熱く滾っている。

「つや、も……むり」

ふるふると首を横に振って、ブランシュはこれ以上はできないと拒む。

「だけど、おまえはあまり、気持ちよくなかっただろう？」

「そんなこと……ない」

確かに引き裂かれるような痛みを感じたが、彼と繋がることができたことが嬉しかった。なにもかもが初めてで、与えられる快楽にそれ以上があるとは信じられない。

現実を受け入れるだけでブランシュは精一杯だった。

「かわいい嘘だ。だけどそれじゃ、俺が自分を許せない。もう少しだけ我慢して？」

ルシアンはゆっくりと円を描くように腰を動かし、彼女が感じる場所を慎重に探り当てる。先ほどまでの激しい腰遣い（こしづかい）とは打って変わり、恐ろしいほどにゆっくりと、捏（こ）ねるように腰を動かす。

「っは……あ……ん……っ」

ルシアンが彼女の内側のある場所をかすめた瞬間、ブランシュの身体はびくりと跳ねた。

「っやあッ」

「……見つけた」

ルシアンがにやりと笑みを浮かべる。

その獰猛（どうもう）な笑みに、ブランシュの心臓が跳ね上がった。

「っやあア、だめぇ……ん、っはああ」

彼の剛直がそこをかすめるたびに、彼女の身体はびくびくとのたうった。

あまりに強い快感に、ブランシュの眦（まなじり）からぽろぽろと涙がこぼれる。

ブランシュは自分が自分でなくなってしまうような恐怖を感じていた。

「あ、っや、っも、おかしく……なるっ、からぁ……」

「もっと、おかしくなればいい」

彼はさらに笑みを深めて、ゆるゆるとブランシュのなかを穿った。

「俺も、ものすごく、……気持ちいい。おまえのなかは、柔らかくて、とろとろで、いつまでも、こうしていたくなる」

ルシアンの甘い声が彼女の耳を侵す。

彼は熱っぽいため息をこぼすと、ツンと尖った彼女の胸の先端を優しくつまみ上げた。

「っひあ、あ、や……あ」

胸の先からびりびりと全身に刺激が走り抜ける。

「ほら。いま、なかがきゅうって締まったぞ？」

「そんなの、しら……なっ……」

恥ずかしくなって、ブランシュは顔を真っ赤に染めた。

「ほんとうに、かわいい」

ルシアンはそう言うと、口を塞いでくる。

「ん、あ……。っふ……ん」

深く舌を差し込まれ、息が続かなくなって頭の中が真っ白になっていく。

その間も彼の腰が動きを止めることはない。ゆるゆると最奥を突かれて、ブランシュはつま先を丸める。

じれったい動きで攻められ、快楽の頂点にはあと少しだけ届かない。

「このままずっとこうして繋がっていたいような気もするし、乱暴におまえを貪りたいような気もする。俺の、愛しい番……」

ルシアンは眉根を寄せながら、ゆるゆると腰を動かした。

音を上げたのは、ブランシュの方が先だった。

「も……、もっと……きて」

ルシアンを見上げてそう懇願する。

「っ、ブランシュ……っ！」

ルシアンはふるりと身体を震わせると、本能を解放した。一気に抽送の速度を上げ、衝動のままに腰を激しく打ちつける。

そこにあったのは、一匹の獣とその最愛の番の愛の営みだった。

「あぁ、ん、っは、う」

ブランシュの口はもう意味のある言葉を紡ぎだすことができない。

剛直が打ちつけられるたびに、頭の奥がちかちかと弾ける。

「ブランシュ、ブランシュっ！」

ルシアンの方も限界が近い。

「あぁ、ん、ん！」

ぎりぎりまで引き抜かれた剛直が再び勢いよく埋(うず)められた瞬間、ブランシュは全身をわななかせながら達していた。

「ひうっ、や、あ、あああぁア!!」

ルシアンは彼女が極めたことを確かめてから、欲望を解放する。

彼もまた全身を震わせながら強くブランシュを抱きしめ、白濁(はくだく)を最奥に注(そそ)ぎ込む。

「っはあっ」

夜空には満月が昇(のぼ)り、絡み合うふたりの裸身を静かに照らしていた。

「ブランシュ……」

彼の名前を呼ぶ声には、治まらない熱望がこもっていた。

「許して……くれっ」

ブランシュは焦点の定(さだ)まらない目で彼を見つめる。

「なに……を？」

「おまえに無体をはたらく俺を」

ルシアンはかすれた声で宣言すると同時に、ずるりと剛直を引き抜きかける。

「あ……」

ブランシュは内部を擦られる感覚に、ぶるりと身体が震えた。すべてが引き抜かれるかと思ったが、彼はブランシュの腰をつかみ、一気に楔を最奥に打ちつけた。

「ひあああぁッ！」

激しい愛撫にあえかな声が室内に響き渡る。

「愛している」

ルシアンからぶわりと甘い匂いが立ち上り、彼女を包み込む。その香りに呼応するように、ブランシュの全身からも、極上の甘い香りが立ち込めた。

「ひ、ひぅ、ん」

強すぎる快楽に涙を滲ませながらブランシュが悶える。

ルシアンは我を忘れて彼女に腰を打ちつけた。内部を蹂躙するたびに、ブランシュは甘い声を上げ、身体を震わせる。

「あ……っ、あぁぁぁ……っ！」

ブランシュは嵐の中に放り出されたように、ひたすら翻弄される。

ルシアンは幾度となく腰を打ちつけ、彼女の内部を穿ち、突き上げた。

ふたりが繋がる部分は、溢れた体液で泡立ち、淫靡な水音が絶え間なく生まれている。

「ああ、止まら……ないっ！」

彼の腰が打ちつけられるたびに、ブランシュは絶頂に達した。果てがないのではないかと思われるほど、高みへ押し上げられる。

もう、なにも考えられず、ただひたすらにルシアンの存在を感じることしかできない。

「ひう、あ、っや……あ」

このままでは頭がおかしくなってしまうのではないかという恐怖に、ブランシュは首を振った。

気がつけば頬を涙が伝っていた。悲しいわけではないのになぜだか涙が止まらない。

「くそっ、もたないっ」

彼女の内部がうねり、搾り取るような動きに、ルシアンの我慢は限界に達した。

「ブランシュ、ブランシュっ！」

ルシアンが膨れ上がった屹立を最奥へ打ち込み、がくがくと震えながら欲望を迸らせる。

「あ、あ、ルシア……あ……っ」

ブランシュの身体は彼と同時に極まり、びくびくと跳ねた。

シーツの上をのたうつ彼女の身体をルシアンが強く抱きしめる。

「ああ、ブランシュっ！　愛しい俺の番（つがい）！」

ルシアンの声は熱情に焦（こ）がれ、かすれていた。

ブランシュの身体はぐったりと力が抜け、もう指一本さえ動かせない。

けれどまだまだ熱は冷めず、獣（けもの）のような交わりは、彼女の声が嗄（か）れても続けられた。


「……ん」

耳の下でとくとくと刻まれる規則正しい鼓動を感じ、ブランシュはゆっくりと目を覚ました。そして身体をさいなむ鈍（にぶ）い痛みに小さくうめく。

痛みの原因に思い至ったブランシュは、羞恥（しゅうち）で顔が熱くなる。

身体に残るのは痛みばかりではなくて、昨晩の濃厚な甘い疼（うず）きもよみがえった。

自（みずか）らの痴態（ちたい）を思い出すと、現実に起こったこととはとても思えない。けれど身体に残された甘い疼（うず）きが、現実であることを如実に示している。

わずかに頭を起こすと、安らかな表情で眠るルシアンの姿が目に入った。

髪や耳の色と同じ白銀のまつげが、整った顔に影を落としている。

（まつげが長くて、綺麗……）

ふさふさとしたルシアンの尻尾がブランシュの足に絡められていて、温かく、心地よい。

いつまでもこうして抱き合っていられたら、どれだけ幸せなことだろうか。

彼の柔らかそうな耳に触れたいという欲求が膨れ上がり、手を伸ばしたところで我に返る。

状況を理解して、ブランシュは一気に青ざめた。

（なんということをしてしまったの……）

甘い香りの誘惑に負け、王族の義務や責務を忘れた。

一瞬、このままオルシュに戻らず彼と過ごすことを想像してみる。オルシュ王国の王女ではなく、ただのブランシュとして振る舞う夢を見る。

けれど、それは自分が生きてきたこれまでの十八年間を否定することだった。

（そんなこと、できるはずがない。簡単に流されてしまうなんて、私、最低だ……）

昨夜のブランシュの精神状態は明らかに普通ではなかった。けれどそれは言い訳にならない。もっと強く抵抗することもできたのに、拒めなかった。

それどころか、彼に求められることに喜びさえ感じたのだ。

どれほど後悔してもしきれない。ブランシュの頬を涙が伝った。

「後悔しているのか？」

不意にルシアンの声が聞こえ、ブランシュはびくりと身体を強張らせた。

かすれた彼の声に昨夜の交わりが思い起こされて、ブランシュは再び顔を赤くする。

彼の腕が背後に回って、なだめるように背中を撫でてくる。

ブランシュはゆっくりと力を抜いて、彼に身体を預けた。

「ごめんなさい……」

謝罪の言葉を口にすると、ルシアンの顔が曇る。

「俺の方こそすまない。おまえの気持ちの準備ができていないことはわかっていたのに、……満月の力に負けてしまった」

「満月の、力？」

そんな話をした気もするが、頭がぼうっとしていてあまりよく覚えていない。

「そうだ。オオカミの獣人は満月になると本能が強まり、発情期を迎える。番がいなければやりすごすこともできるが、目の前にいたら、もう我慢などできない」

ルシアンの大きな手が彼女の髪をそっと撫でる。ブランシュは目をつぶり心地よさを味わった。

「番は一生をかけた運命の相手だ。おまえは俺の魂の片割れ——もうおまえなしでは生きていけない。だから番のキスを使った。番のキスでおまえに命を分け与えた所為で、俺の命に引きずられて、ブランシュも発情した。本当に……すまない」

ブランシュはぎゅっと目をつぶった。

「そんな……」

彼に代償を負わせてしまったことに、ブランシュは恐怖した。

「おまえだってなんとなく気づいているんだろう？　甘くて、どうしようもなく惹きつけられる匂いを発しているのに……どうしてわからない？」

ルシアンは彼女の香りを吸い込み、うっとりとした表情を見せる。

思い返してみれば、昨夜はむせかえるほどの花の匂いに包まれたような気がする。そしてまともに考えることができずに、流されてしまった。

「おまえは俺の番だ。俺の唯一」

強く抱きしめられて、ブランシュの心に喜びがこみ上げた。

本当はそんなふうに感じてはいけないのだろうけれど、どうしようもなく嬉しくなってしまう。

そのときふと、ブランシュの股のあいだをとろりとなにかが伝い落ち、彼女は身体を震わせた。

「ん、どうした？」

ルシアンが髪を撫でていた手を止める。

「あ、あの……足のあいだが……」

顔を真っ赤にしながら、ブランシュは腕を解いてほしいと訴える。

「ああ、俺の精が垂れてきたのか……」

「せっ、精……」

生々しい台詞を聞いて言葉に詰まる。そしてそれが意味することに思い至って青ざめた。

「子供のことなら心配しなくていい。昼間に、発情を抑える抑制剤を手に入れて呑んだ。効かなかったが、あれの副作用に避妊の効果がある。だが、いずれは、おまえが俺の子を産んでくれたら嬉しい……」

彼が昼間にどうしても用事があると言ってそばを離れた理由を、ブランシュは理解した。

おそらくそのときから、彼は発情期に抗おうと試みてくれていたのだろう。

「そう……ですか」

つぶやくブランシュに、ルシアンは突然問いかけてきた。

「風呂に入りたくないか？」

「入りたいです」

「よし。俺の首に手を回してくれ。連れていこう」

「それくらいなら自分で……」

ブランシュは少し彼から離れて落ち着いて考えたかった。

けれど、ルシアンはにやりと笑って首を横に振る。

「自分では動けないと思うぞ？　ずいぶんと無茶をしてしまったからな」

「え？　そんなこと……」

ブランシュは彼の言葉が信じられず、腕をつき、ベッドから下りようとした。けれど、立ち上がろうとして失敗し、床に座り込んでしまう。

「ほら、言った通りだろう」

ルシアンはそう言うと、ブランシュを抱き上げた。

「やだっ、無理です、下ろして！」

ブランシュは全身を赤く染めた。

昨夜は熱に浮かされていたから、彼に身を任せられた。しかし冷静になったいま、彼の世話になるなど想像しただけで羞恥（しゅうち）で死んでしまいそうだ。

「恥ずかしいのか？　あれほど乱れた姿を見せておいて、いまさらだと思うが？」

「そんなのっ、恥ずかしいに決まっているでしょう！」

意地悪く笑うルシアンの表情が柔らかく笑み崩れた。

「かわいいな」

「そういうのは、ずるいと思います」

不意に放たれた口説き文句にブランシュのドキドキが止まらない。心臓が止まってしまうのではないだろうか。

「思っていることを口にしただけだ。卑怯でもなんでも、いつかおまえが俺を愛してくれればそれでいい」

「うぅ……」

言い返す言葉が見つからず、ブランシュは黙るしかなかった。

「俺の手を借りずに、ひとりで動けると思うか？」

ブランシュはひどく葛藤した。

ぜひともお風呂に入りたい。だが、ルシアンの手を借りるとなると……

「お腹はすいてないか？　このままだと朝食も食べられないだろう」

窓の外はすでに太陽が昇り始めている。ぐずぐずしていると朝食を食べ損ねてしまいそうだ。

「洗う……だけですよね？」

「もちろん、なにもしない。おまえが望むなら、それ以上のこともする余裕はあるが？」

「遠慮します」

「残念だ」

ルシアンは小さく笑うと、彼女を浴室に運んだ。

ブランシュは落ちないように彼の首に手を回してしがみつく。

ルシアンは浴室に入ると、ブランシュを抱いたまま浴槽に座った。浴槽に栓をして蛇口をひねり、お湯を溜める。

そのあいだにルシアンは石鹸を手に取って泡立て、優しい手つきで彼女の髪を洗い始めた。

あまりに心地よくて、ブランシュはうっとりと目をつぶる。

「気持ちいいか？」

「とても……」

「泡を流すから、目をつぶっていろ」

「はい」

彼の手に触れられると、心地よい一方で、わずかに情欲がかき立てられる。これも発情期の名残なのかもしれない。

「髪を洗うのが、上手ですね」

「そうか？　次は身体を洗うぞ」

髪を洗い終えたルシアンは、再び石鹸を手に取って泡立てる。

（ルシアンはいつも恋人にこんなことをしているのかな……）

あまりに手慣れた様子に、そんな想像をしてしまって胸のあたりがもやもやする。

ぼうっとしていると、泡のついた彼の手が彼女の身体をなぞった。首筋から腰に向かって、ゆっくりと泡立てながら下りていく。

「ひゃうっ」

ぞわりとした感触にブランシュは思わず声を上げた。

「本当に敏感だな」

舌なめずりをしそうなルシアンの表情に、ブランシュは身体をよじって逃げようとする。

「いたずらしないで……」

「逃げるなと教えたよな？」

「あ……」

ルシアンの訓告はまったくもってブランシュに刻まれていなかった。

ゆっくりと泡に包まれた手が、彼女の胸を包む。ルシアンはその感触を楽しむかのように、執拗に触れた。泡をまとった指が胸の頂を擦り、つまむ。

「……っは、あ……」

身体の芯に残った熾火はすぐに燃え上がった。

胸の先から生まれた感覚が、じわじわとブランシュの身体の奥底に溜まっていく。

「……っ」

ぞわりと総毛立つような快感の片鱗が、触れられた部分から立ち上った。

「本当に、かわいい」

素直な褒め言葉に、ブランシュの頬が熱くなる。

ルシアンは彼女への愛撫の手を止めることなく、耳朶に舌を這わせた。

胸と同時に耳を攻められて、快楽の熾火が一気に燃え上がる。

「だめ……！」

「気持ちよさそうに見えるが、ダメなのか？」

「っふ、あッ、あ」

お湯の中に沈みつつある下半身に彼の手が伸びる。股のあいだに指が入り込み、秘裂の入口をそっと撫でた。

「っふにゃあぁあ、やだぁ」

びくりと背中をしならせ、彼の手から逃れようとするが、ルシアンの太い腕にがっしりと捕らえられていた。

「ん。ぬるぬるだ。ほら、なかも洗わないといけないだろう?」

「ん……っや、あ、だめっ……、自分で……、洗うか……らあっ」

非力なブランシュの抵抗は、彼には効かない。

「ちゃんとかき出しておかないと、あとが大変だからな」

「っふゃ、ああ、ん」

長く節くれだった指が、ブランシュの秘裂の隙間に入り込む。わずかにしみるような痛みが走った。お尻の下に彼の昂ぶりを感じていたが、それどころではない。

引っかくように指を動かされると、びくびくと身体が震えた。

洗っているはずの指の不埒な動きに、ブランシュの声には甘い響きがこもる。

「やあ、ひぅ……っ」

彼の指が浅い部分を擦っていたかと思うと、ふいに花弁を割って奥に進んだ。

「だ、めぇ！」

硬い指の感触に、昨夜の快楽がたやすく呼び覚まされる。

思わず逃げようとしたブランシュの腰を、ルシアンは軽々と押さえ込む。

「逃げるな」

耳元でささやかれた低い声には、支配することに慣れた為政者の響きが含まれている。

ブランシュは思わずビクリと身体を強張らせた。

「いい子だ」

非情な言葉とは裏腹に、彼女の髪を撫でる手つきは優しい。

ご褒美だと言わんばかりに顎を捕らえられ、深い口づけを与えられる。

「っふ……、あ、んん……」

溢れた唾液が顎を伝って胸に滴り落ちる。

そのあいだにも彼の手は休むことなく内部をかき混ぜる。

「っや、も、イっちゃう。イっちゃうから……やだぁ」

「なんどでもイけばいいだろう。ほら？」

ルシアンの指がいっそう激しさを増す。

内部を擦られて、ブランシュの身体はあっさりと極みへと押し上げられる。

「ふあぁぁ、あ、や、あア……」

頭の中が白く塗りつぶされ、張り詰めていた身体が一気に弛緩（しかん）する。最奥からとぷりとなにかが溢（あふ）れた。

「は……うぅ」

ブランシュはぐったりと身体をルシアンに預けた。

お湯の熱さよりも彼の身体の熱さにのぼせそうになる。

「ああ、また汚れてしまったな……」

「……っ」

汚した張本人であるルシアンが笑う。その気配に、ブランシュは息を呑んだ。

「奥まできちんと洗わないと……な?」

「っも……、むりぃ！」

「無理じゃない」

甘い悲鳴を上げるブランシュとは反対に、ルシアンは獰猛（どうもう）な笑みを浮かべた。そして熱く滾（たぎ）った剛直を彼女に押しつけてくる。

そこが限界までいきり立っているのは、お尻に当たる感触でわかった。

ルシアンの指が秘裂を割って押し広げる。硬く立ち上がった剛直が、ゆっくりと侵入を開始した。

「っ……う、っく、ふ」

圧倒的な質量に、ブランシュの目尻に涙が浮かんだ。

ブランシュは彼の膝に座らされた恰好のまま、ルシアンの楔(くさび)をゆっくりと呑み込んでいく。

「っひ、あ、あ!」

繋がった部分から湧き起こる快楽に、彼女はきつく目をつぶった。

耳元で彼の荒い吐息が聞こえる。

「ああ……、おまえの中は……とても、気持ちがいい」

ほうっと息を吐き出すルシアンからは、大人の色気が滲(にじ)み出ていた。

「きつくて、それでいて柔らかく締めつけてくる」

「そういうのっ……言っちゃ、やだ」

聞いていられないと、ブランシュは顔を覆(おお)う。

「ほんとうに、かわいい」

ルシアンが腰を突き上げると、ブランシュに喋(しゃべ)る余裕はなくなった。

「っや、あ、あ……!」

「大好きだ。おまえの子猫のような柔らかい髪も、甘く透き通った声も、馥郁たる香りも、まじめで頑張りやなところも、ちょっと子供っぽいところも、全部好きだ」

ルシアンは喋りながら彼女の身体にキスを落とす。頬に、耳に、首筋や、肩にも。

ブランシュは快楽にとける意識の中で、彼の律動を受け止めた。


隅々まで洗われて、風呂から上がる頃には、ブランシュは放心状態になっていた。

「も……やだ。ルシアンの嘘つき。なにもしないって言ったのに……」

これ以上の刺激は強すぎる。自分の気持ちもあやふやで、気持ちの整理がつかない。王族として培った自制心は、どこへ行ってしまったのか。昨夜から行方不明になっている。

ブランシュの眦に涙が滲んだ。

「やりすぎた……。すまない」

ぐったりとベッドの上に横たわったブランシュは、完全にのぼせて、ルシアンの手を借りなければ腕一本さえ動かせない。

「うん……」

口移しで冷たい水を飲まされて、少しだけ身体が楽になる。

「ルシアンの、ばか……」

「そうだな。俺が悪かった」

「ん……」

今度は自力で水を飲み、なんとか落ち着いてきた。手を突いて身体を支えながら起き上がると、ルシアンに宣言する。

「もう、昨日の夜や、今朝みたいなことはしません！」

「……仕方がない。おまえが許してくれるまでは我慢する。次の満月まではなんとか我慢できる……と思う」

「『次』はもうありません」

「いずれわかるさ」

したり顔でうなずくルシアンに、反論しようとしてやめる。こんなに興奮していては、まともに考えられないし、彼に言い負かされてしまうだろう。

ブランシュはそっぽを向いて、返事をしなかった。

「そうむくれないで。部屋に朝食を持ってくるから、な？」

「ん……」

ひたすら低姿勢で彼女の機嫌を取ろうとするルシアンに、ブランシュは少し怒りがおさまる。

「では、もう一つお願いがあります」

ブランシュは、船では別の部屋で過ごしたいと希望した。

こんな間違いは二度と起こってはならないのだ。

「部屋を分けたいだって？　無理だ。たとえ空いている部屋があったとしても、離れることは許可できない」

「ですが、船に乗ってしまえば、それほど危険だとは思えません……」

ブランシュの反論はすぐさま彼に否定される。

「おまえを襲った相手がまだ近くをうろついているらしいと、ギルド長が言っていただろう？　そいつらがどういった目的でおまえの船を襲ったのかわからない以上、警戒は緩めるべきではない」

「そうでした……」

ブランシュはコンスタンス号の行方に気を取られていて、ギルド長が襲撃の可能性について告げたことを忘れていた。

「そういうことだから、部屋を分けることは許可しない」

「わかりました」

ブランシュは渋々（しぶしぶ）ながらうなずく。身の安全が第一優先だ。

「さっきも言ったが、おまえが許してくれるまで我慢するから、安心してくれ。おまえの身体も魅力的（みりょくてき）だけれど、俺が欲しいのはおまえの心だから」

ルシアンはそう言うと片目をつぶってみせる。

（う……わぁ……）

そんな気障（きざ）な仕草なのに恰好よくて、ブランシュはどぎまぎしてしまう。不規則に脈打つ心臓をなだめつつ、口を開いた。

「だったら、ずっと待つことになるかもしれませんよ?」

「俺は諦めない。だが……おまえが望むなら、ふたりきりのときは友人として振る舞おう。それならばいいのだろう?」

「……ええ、そうしていただけますか?」

このあたりが妥協点だろう。

胸によぎった寂しさには気づかないふりをして、ブランシュはうなずく。

「おまえの船に追いつくまでは、護衛と旅行中の貴族の子女のふりをするのを忘れるな。これはおまえの身を守るためだから、反論は認めない」

「はい」

少しだけルシアンと距離を置くことに成功した。心の平穏のために必要なことだった。
ブランシュの心には、安堵と寂しさが同時にこみ上げたのだった。

定期船

ブランシュの休養のため一日宿で過ごし、翌日。

窓の外に広がる空は晴れ渡っており、絶好の航海日和だ。

(さあ、目指すはカーライルよ！)

準備が整い、ブランシュは意気込む。

栈橋に向かうと、一昨日はなかった大きな船が停泊していた。白く塗装された優美な船体に、三本の大きなマストを備えた帆船だ。帆はすべて折りたたまれているが、広がった姿はさぞや雄大だろう。

ブランシュが乗っていたコンスタンス号にも引けをとらない、最新型の帆船だ。乗船券は昨日のうちにルシアンが手配してくれていた。

「これに乗るんですね……」

一番背の高いメインマストを見上げながら、ブランシュはつぶやく。

船にすっかり見とれ、ルシアンに手を引かれて進む。舷梯を渡って船に乗り込んだ。

「ようこそ！」

白い制服を着た船員が乗客を迎える。

船尾の方では別の舷梯（タラップ）を使って、船員が荷物を次々と積み込んでいた。

乗船した客たちはどこへ進めばよいのかわからず、乗り込んだ場所でたむろしている。

ルシアンは近くの船員を捕まえ、乗船券を見せて尋ねた。すると船員は、にこにこと柔和（にゅうわ）な笑みを浮かべて教えてくれる。

「お客様のお部屋は一等ですから、上部甲板（かんぱん）の船尾に近い部分ですね。後部の階段を下りてすぐですよ」

「ありがとう」

ルシアンはお礼を言うと、ブランシュの手を引いた。そして教えられた通りに、最上甲板（かんぱん）の後方にある階段を下りていく。

ほどなくして部屋が見つかった。扉を開けると、小さな丸い窓の下に作り付けの小さな机と椅子がある。部屋の両端には小さなベッドが二つ置かれ、その下は引き出しになっている。

「ちょっと狭い……ですね」

「これでも広い方だと思うぞ？　下の方の部屋はもっと狭いし、窓だってない」

「そうなんですか!?」

ルシアンが手配してくれた客室は、かなり上等な部類に入るらしかった。

そのとき、出港を告げる鐘の音が聞こえる。

「出港の様子を見るか？」

「はい。ぜひ」

ブランシュはルシアンに手を引かれ、最上甲板(かんぱん)に出た。

ブランシュは甲板(かんぱん)の上にある障害物に気をつけながら、ルシアンのあとに続いて船首の方へ進んだ。

これほど多くの人が乗れるのかと思うほど多くの人が、甲板(かんぱん)に集まっている。

舷梯(タラップ)が取り外されると、いよいよ出港らしく船員たちが忙しく動き始める。船首の両側にある錨(いかり)を、巻き揚げ機でどんどん巻いていく。ガラガラと鎖が音を立てて巻き取られ、錨(いかり)が上がると、タグボートが蒸気を吐き出しながら船首に近づいた。

タグボートに乗った水先案内人が、安全のために先導するのだ。

オルシュの港からコンスタンス号で出港したときも興奮したが、やはり船が出港する姿は壮観だ。

桟橋(さんばし)で見送る人影を眺めているうちに、船は港の外に出ていた。

船員の手によって、青い空に真っ白な帆布がゆっくりと広がっていく。

甲板の縁の手すりに寄りかかりながら、ブランシュは感慨と共に息を吐き出したが――

ふいに海に落ちたときのことを思い出して、身がすくむ。

ブランシュは手すりをぎゅっと握りしめた。

「どうした？」

「いいえ、なにも」

ブランシュは船に対する恐怖をルシアンに伝えていない。船で行くのが最善の手段だからだ。それに、船に恐れを抱いたままでは海を越えて国に帰ることもできない。

ブランシュは歯を食いしばって恐怖に耐える。

「なにもないことはないだろう？　怖がっている顔だ」

ルシアンが彼女の握りしめた手に、手を重ねた。

「そんなに私はわかりやすいですか？」

ブランシュは感情を隠し切れていないのだと思うと、情けなくなる。王族として感情を表に出してはいけないと教えられてきた。それなのに、ルシアンにはいともたやすく感情を見破られてしまう。

「いいや、俺がおまえの番だからだろう。海が怖いのか？」

「落ちたときのことを思い出すと、少し……。でも、大丈夫です」

「無理をするな。恐ろしいものは恐ろしい、それではダメか？」

「敵や交渉相手にたやすく感情を読まれるようでは、王族として失格です」

　ブランシュは情けなさにうつむく。

「ここにいるのはおまえの番だ。敵でも、交渉相手でもない」

　ルシアンが重ねた手をそっと握った。すると、自分でも不思議なほど気持ちが安らいだ。

「そうですね。あなたは私の護衛です。守ってくれるのでしょう？」

「命に代えても」

　ルシアンの眼差しは真剣そのものだった。

　彼と一緒ならば、恐怖にも勝てるような気がして、ブランシュの強張っていた身体から少しずつと力が抜けていく。

　ルシアンならば王女ではない自分を許してくれる。怒ったり、叱責したりしない。背中を預けても大丈夫だという安心感があった。

「……大丈夫です」

　ブランシュは強く握りしめていた手すりから手を離し、弱々しいながらもルシアンに笑みを浮かべる。

「さて、暇つぶしに船の中を探検するか？」

「はい」

ブランシュは差し出された手に、素直に手を伸ばした。


船の中を見学していると、あっという間に時間が過ぎていた。気がつけば、海の向こうに夕日が沈んで、空が朱色から赤紫へと徐々に変化していく。

ブランシュは息を呑んでその様子を見守った。

日が沈んで少し経つと、鐘が鳴り夕食の時間を告げる。

「そろそろ夕食のようだな」

ブランシュはルシアンに促されて、最上甲板から階段を下り、船尾の食堂へ向かった。

案内されたテーブルには、すでに夕食の準備が整っていた。茹でたジャガイモと、何種類かの豚の腸詰、それから小麦粉を練って広げた生地の上に玉ねぎやベーコンを載せて焼いたタルトフランベという料理が並んでいる。

手燭の明かりの中で食べる料理は美味しかった。ジャガイモの塩加減はちょうどよく、ほくほくしている。豚の腸詰は胡椒が利いていて、癖になりそうだ。タルトフランベは、ぱりぱりとした生地ととけたチーズとの組み合わせが絶妙で、ついつい手が伸びる。

「今日は酒を飲まないのか？」

問いかけてきたルシアンに、ブランシュは即答する。

「はい」

社交の場では緊張していることもあって、ほとんど酔ったことはないが、ルシアンの前では気が緩んでしまう。彼と距離を置きたいブランシュは、失態を犯す危険性を低くしたかった。

「その方がいいかもしれないな。船に酔うかもしれないのに、わざわざ酒に酔うこともない」

ルシアンはそう言い、豚の腸詰を口に運んだ。彼も今日は食事だけにするらしい。

唇についたソースをぺろりと舐めとる仕草が、妙に艶めかしい。まともに彼の顔を見ていられなくて、ブランシュは視線を逸らした。

なんだか胸がいっぱいになって、あまり食べられそうになかったが、料理を残せずに、少々無理をして完食する。

「部屋に戻る前に、少しだけ夜の海を見てみないか？」

「……はい」

ルシアンの誘いに、ブランシュはためらってからうなずいた。

彼に手を引かれながら階段を上り、最上甲板に出ると、真っ暗な空に星が浮かんでいる。帆布のあいだに無数の星が瞬いていた。

「うわぁ……！」

星が降ってきそうなほど近くに見える。海上には他の船影はなく、真っ暗な海がどこまでも広がっていた。

「……そんなに口を開けていると、海鳥が飛び込んでくるぞ？」

「うそ！」

ブランシュは慌てて口を閉じた。そして、からかわれたのだと気づく。

「からかったんですね！　夜に海鳥が飛んでいるはずがありません！」

「ははは」

船首の方に向かって逃げるルシアンを追って、ブランシュは甲板を走った。

さほど広くない甲板の上ではすぐに追いついてしまう。船首のあたりでルシアンに追いついたブランシュの息は上がっていた。

「ルシアン、ひどいです……」

「かわいい子ほどいじめたくなるんだ」

顔を真っ赤にしたブランシュは、ルシアンの胸を軽く叩く。

「もう！」

「すまない」

（子供みたいにはしゃいでしまって、恥ずかしい……）

夜の闇のおかげで顔を見られないだろうことが、ブランシュには救いだった。

夜の香りが甘く感じられる。

いつの間にか、海に落ちた恐怖はずいぶんと薄れていた。

こんなふうに楽しい時間がずっと続けばいいのに、とブランシュは思う。

（ルシアンがいなかったら、きっとこんなに楽しくはなかった……）

新しい体験も、すべては彼が隣にいるから楽しい。ふたりで過ごすからこそ楽しいのだろう。

（でも、私がコンスタンス号に合流できればこの旅は終わってしまう）

ブランシュはそのときを予感して胸が痛んだ。

「ブランシュ」

「なんでしょう？」

「キスしていいか？」

「ええ!?」

ブランシュは思わず大声を上げた。すると抵抗を封じるように抱き寄せられる。

「だ、だめ！」

「残念」

ルシアンの顔が近づいたかと思うと、唇ではなく額に柔らかなキスが落とされる。

彼に触れられた瞬間、甘い疼きが身体に走った。満月の夜の記憶がよみがえる。

(あれは事故みたいなもので……)

「ふざけてばっかり！　もう、こんなことしないで……」

ブランシュはルシアンの胸を押しのけて彼の腕から逃れようとする。強く胸を押すと、
彼はあっさりと解放した。

「真剣ならばいいのか？」

思いがけない言葉に顔を上げる。

ルシアンはアイスブルーの瞳に情熱の炎を灯して、じっと彼女を見つめていた。

その真剣な眼差しに魅入られたように、ブランシュは動けなくなる。

「おまえが好きだ。愛している――俺たちは番なのだと、どうしたらわかってくれる？

おまえの身体はこんなに甘い香りをさせて、俺を誘っているのに……」

ルシアンは大きく息を吐き、彼女を抱きしめていた腕を離した。

「そろそろ冷えてきた。部屋に戻るぞ」

「はい」

ブランシュは歩き出したルシアンのうしろを少し離れて歩く。いつもとは違い、彼が手を差し出さないことが悲しかった。

――ブランシュはもう、認めざるをえない。

いつの間にかすっかりルシアンに心を奪われていたことに。

彼が笑みを見せてくれるだけで心がふんわりと温かくなる。意地悪をされても、ちょっとは腹が立つけれど、くすぐったいような気持ちになる。

これまで物語の中でしか知らなかったけれど、おそらくこれが恋なのだろう。

気づけばどうにもならないほど、彼を好きになっていた。いずれ国に帰れば彼と別れることになるとわかりきっていたのに、想像するだけで胸が張り裂けそうになる。

（半人前の私が、恋をするなんて許されない。しかもみんなの消息もわからないのに、こんな気持ちに現（うつつ）を抜かしている場合じゃないのに……）

「……どう、しよう」

ブランシュは複雑な気持ちでぽつりとつぶやいた。

恋のめざめ

彼に恋をしてしまったのだと気づいてから、ブランシュはそのことばかりを考えていて、あまり眠れなかった。

窓の外では水平線が明るく染まり始めている。起きるには少し早いけれど、これ以上は眠れそうになくて、ブランシュはベッドから身体を起こした。

隣のベッドに目をやると、ルシアンはすでに目を覚ましていた。

毛布をかぶったままの彼と視線がぶつかって、ブランシュはどきりとして動きを止める。

「おはよう、ございます」

「……おはよう」

いつもの彼ならば朝も元気なのだが、今朝は少し気だるそうだ。

「もしかして、具合が悪いのですか？」

ブランシュは慌てて彼の額に手を伸ばした。

「いや、大丈夫だ」

彼女の手が額に触れる前に、ルシアンは頭を起こしてその手を避ける。

「でも……」

風邪でも引いてしまったのかと心配で、ブランシュはもう一度手を伸ばそうとした。

「大丈夫だから、触らないでくれ」

ルシアンの強い口調にブランシュの手が止まった。

「ごめんなさい。余計なお世話でした……ね」

「すまない。少し、風に当たってくる。部屋で待っていてくれるか？」

ルシアンは口調を和らげて、ぎこちなく笑みを浮かべる。

「私ならひとりでも大丈夫です……」

「すまない」

ルシアンはそう告げると、部屋を出ていった。

ひとりになって考えたいのはブランシュも一緒だった。

（これからルシアンとどう接していけばいいの？）

考えているうちに、時刻を告げる鐘が海原に鳴り響いた。

窓から見える空は晴れ渡り、遠くの方にわずかに雲が浮かんでいるくらいで、とてもいい風が吹いている。カーライルには予定通りか、少し早いくらいで着けそうだ。

抜けるような青空とは裏腹に、ブランシュの心は晴れなかった。


ルシアンに手を引かれながら舷梯(タラップ)を下り、桟橋(さんばし)を歩いて、ブランシュはようやくカーライルの地を踏んだ。

「なんだか、まだ揺れているような……」

地面に足をつけてもまだ、船の上にいるような錯覚がある。

定期船が大型であったおかげでそれほど揺れなかったが、こうして地上に足をつけると不思議な感覚がした。

「じきに慣れる」

ふらふらする身体をルシアンに引かれて歩きながら、ブランシュは港に停泊している船に目を走らせた。

定期船を含めた大型船が二隻、数隻の中型船と無数の小型船が停泊している。

その中には、ブランシュが探すコンスタンス号の姿はなかった。

そう簡単に合流できるとは思っていなかったが、落ち込まずにはいられない。

「コンスタンス号は停泊していないみたいですね……」

「そう気を落とすな。この街にもギルドがある。噂話ぐらいは聞けるだろう」

「だといいのですが」

カーライルのギルドは港のすぐそばにあった。

マートンと同様、インク壺と羽根ペンが描かれた看板が掲げられている。中に入ると、多くの人でにぎわっていた。

「ギルド長に話がある」

ルシアンは迷いのない足取りで受付に進み、鎖のついた銀色のプレートを首から外して差し出した。

プレートを目にした受付の職員は、さっと顔色を変える。

ルシアンはすぐにプレートをしまった。

「かしこまりました。手が空いているか確認してまいります。あちらでお待ちくださいませ」

職員は素早く立ち上がり、二階へ姿を消す。

ブランシュはルシアンにエスコートされて、待合用のベンチに腰を下ろした。そして、気になったことを尋ねる。

「先ほどのプレートはなんですか？」

「身分証だ。あれを見せれば大抵のことは融通が利く」

マートンでも身分証のおかげですぐにギルド長に面会できたのだろうと、ブランシュは納得した。

「では、私の指輪のようなものですね」

ブランシュは左手につけた白金の指輪を示した。オルシュの王族であることを示す指輪は、ブランシュの身分証となるものだ。

「美しい石だな」

ルシアンが差し出された手を取って、しげしげと指輪を観察する。

「うふふ。ありがとうございます。これはオルシュでしか採れないのです。昼と夜では石の色が変わるので、少し珍しいものなのかもしれません」

「ほう」

ルシアンの目が興味深そうに細められた。

彼の指がブランシュの指輪をそっと撫でる。彼の手は官能を呼び覚ますように、ゆっくりとブランシュの指のあいだをなぞった。

危険を感じたブランシュは手を引っこめ、話題を変える。

「そういえば今さらですが、先日も今日もギルドに身分を明かしてもよかったのですか?」

「ギルドの者は口が堅い。ただし、自分に利があるあいだだけだが」

「それは……使いどころが難しいですね」

王弟であるルシアンとの繋がりは、ギルドにとっても望ましいことだろう。

「おそらく、マートンで話したことはここにも伝わっているから、同じ情報では対価とならないだろう。今回は正攻法で情報を得る」

「正攻法……ですか?」

ブランシュは首を傾げる。

「まあ、見ていればわかる」

そんな話をしていると、先ほどの職員がブランシュたちを呼びに戻ってきた。

「お待たせいたしました。ギルド長がお会いしたいと。こちらへどうぞ」

職員の案内で二階へ上るにつれて、一階のにぎやかしさが遠ざかる。

案内された先には、オオカミの獣人らしき壮年の男性が待っていた。

「カーライルのギルド長、ルノーでございます。どのようなご用向きでしょう?」

ルノーはマートンのギルド長よりも若く見える。灰色の耳が特徴的だ。

「傷ついた渡り鳥がこの街に向かったという話を聞いたのだが、心当たりはないか?」

「傷ついた渡り鳥……ですかな？」

ギルド長は否定も肯定もせず、あいまいな笑みを浮かべている。

「売れる情報があるのか、ないのか、はっきりしてくれ」

少しだけ苛立ったルシアンの様子に、ギルド長は静かに口を開いた。

「ございます。オルシュの船についてのことでございましょう？」

「なんのために回りくどい言い方をしたと思っている!?」

「ここから情報が洩れるようなことはありません。ご安心を」

「はぁ……、ならいい。それで、どうなのだ？」

ルシアンは大きなため息をこぼして、話を進めた。

「二日ほど前に、オルシュの船がこちらの港に入港したのは確かです」

「やはり！」

「ああ、よかった。無事で！　風のご加護に感謝いたします！」

ブランシュの口から思わず、神への感謝の言葉が飛び出した。

「残念ながら、この港の船大工の工房はすべて塞がっておりました。そのためオルシュの船は物資の補給だけを行い、すぐにストラウドへ向かって出港したと聞いています」

「ストラウドへ？」

ルシアンがじろりとギルド長を睨む。

「はい。砂嵐が迫っていましたので。あの船で嵐を耐えることはできないと、船大工が申しておりました。ストラウドの港ならば外洋船が多く、修理も可能だということで、そちらへ……」

「なるほど」

コンスタンス号の行方がわかり、ブランシュは胸を撫で下ろした。船の修理にはしばらく時間がかかる。追いつくことはたやすいだろう。

「それで、俺は対価としていくら払えばよいのだ？」

「そうですね……。本来ならば金貨三枚というところですが、祝い事も近いようですし、一枚に負けておきましょう」

「わかった」

ルシアンはさっさと金貨を支払い、席を立った。彼が差し出した手を取って、ブランシュも立ち上がる。

「殿下、ひとつだけご忠告させていただいてもよろしいでしょうか？」

ギルド長が立ち去ろうとするルシアンの背中に声をかけた。

ルシアンは不機嫌な表情を隠そうともせず、振り向く。

「猫にはくれぐれも、ご注意を。あれらは一度決めた獲物を長くいたぶる習性がございますから」

「なんだ？」

「忠告、感謝する」

今度こそブランシュたちはギルドをあとにした。

目指すはコンスタンス号との合流だ。ブランシュは話に出てきた場所を彼に尋ねる。

「ルシアン、ストラウドというのは北部の港の名前ではありませんでしたか？」

「ああ。大きな外洋船でも入れるよう、深く作ってある港だ。残念ながらストラウドへ向かう定期船はない。行くのならば、徒歩か馬だな。ここならすぐ手に入るだろう」

「馬にしましょう。できるだけ急ぎたいです」

「承知した。その方がいいだろう」

ルシアンは馬商から馬を手に入れ、あっという間にストラウドへ向かう手段を整えた。

彼が選び出した二頭の馬を見て、ブランシュは尋ねる。

「こんな馬でいいのですか？」

ブランシュには二頭がそれほどいい馬には見えなかった。

城では教養として乗馬術を教わる。王家に献上される馬は見目のよい、すらりとした馬が多い。ルシアンが選び出した二頭の馬は、それぞれの体格に合わせて大きさが異なるけれど、かなり足が太く、ずんぐりとしていた。

「足の速い、高そうな馬を連れていると、盗賊に狙われやすくなるし身分が高いと思われるからな。それにこいつは足も太くてしっかりしている。荷物を運ばせるのにちょうどいい」

ルシアンが馬の背を撫（な）でると、馬は嬉しそうにブルリと首を振った。

「そういうものなのですね……」

荷物を馬にくくりつけながら、ブランシュは嘆息する。

ブランシュが知らない常識はたくさんある。それがわかっただけでも、今回の外遊には十分意味があった。

ブランシュは馬にまたがり、ふたりは一路、ストラウドへ急いだ。

馬の上から見る景色は、あっという間に過ぎ去っていく。海の景色とは打って変わって、急峻（きゅうしゅん）な山が行く手に立ち塞（ふさ）がっている。見たことのない植物が増え、緑のじゅうたんが広がっていたかと思えば、少し進むと荒れ地に変わる。

ブランシュたちのように馬に乗っている旅人は少ない。すれ違う旅人はほとんどが獣人で、皆、自分の足で駆けていた。

確かにあれほど足が速いのなら、馬を借りる必要はないだろう。

彼らのような身体能力があれば、旅がとても楽になるに違いない。こんなときは獣人をうらやましく感じてしまうけれど、馬に揺られながら旅をするのもまた楽しかった。


小高い丘の上に遺跡の奇岩が浮かび上がる光景を見て、ブランシュは思わず馬を止めた。

「すごい……」

それに気づいたルシアンは、すぐに自分も馬を止める。

「この景色を写し取れたらよかったのに」

「確かに、この景色には一見の価値がある」

円を描くように配置された遺跡はいつの時代のものなのか、なんのために建てられたのか、明らかにはなっていないらしい。

「本当になんのための遺跡なんでしょう……」

「祭祀場(さいしじょう)とも、天文台とも言われているけれど、いまだに結論は出ていない」

「そうなんですか」

「せっかくだから、今日はここで野営にするか？　近くに街はないし、野営の準備はしてある」

「それはいいですね！」

いまを逃せば一生体験することはないだろう。ブランシュは彼の提案を一も二もなく了承した。

野外で料理をしたり、眠ったりするのは初めてだった。ただし、ブランシュが海に落ちたときのことを除けば、だが。

ふたりはさっそく馬から下りた。夕暮れが迫る前にすべての準備を終えておく必要がある。

「まずなにをしなければならないのか、わかるか？」

「水と寝る場所の確保、ですよね？」

本で読んだことのある知識を引っ張り出して、ブランシュは答えた。

「正解だ！　あっちから水の匂いがする」

ルシアンが言う方向に行くと、泉が湧いている。

「ほら、見てごらん」

ルシアンが示した透き通った泉の底では、小さく透明なエビが動いている。

「こんなふうにエビが住んでいる水は飲んでも大丈夫だ。覚えておくといい」

「なるほど……」

次に彼は、泉から少し離れた場所を野営の場所に定めて、馬から荷物を下ろし始めた。

ブランシュも微力ながら手伝って荷物を下ろす。

ルシアンは二頭とも馬具を外すと、お尻を叩いて放してやった。

「いいのですか？」

「朝には戻ってくるから、心配はいらない」

馬は適当に放しておけば自力で餌を食べるらしい。確かにあたりには飼料となりそうな草が多く生えている。

「ブランシュ、乾いた枝を集めてくれるか？」

ブランシュは彼の指示に従って、乾いた木の枝を集めた。以前は川であったであろう場所は大きな石がごろごろと転がっていて、たき木になりそうな木がいくつも落ちている。

ブランシュが枝を抱えて荷物を下ろした場所に戻ると、ルシアンはすでに天幕を組み立て終えていた。

「よし、俺は明るいうちにもう少したき木を探してこよう。ブランシュは荷物のそばにいてくれ。休んでいてもいいが、火をおこしておいてくれると助かる」

「ぜひ、やらせてください！」

ブランシュは一度火おこしというものをやってみたかった。本で読んだ知識しかないことを実践できると、胸が躍る。

ルシアンがたき木を探しに出ると、ブランシュは少し大きめの石を並べ、かまどを作った。その中に集めた小枝を積み上げる。

そして、火打金を火打石に打ちつけて、火花をおこす。だが、なんどやっても小枝に火がつかない。

「あら？」

本に書かれていた通りにしているはずなのに、うまくいかなくてブランシュは首を傾げた。

「いきなり木の枝に火はつかないぞ」

背後から声をかけられ、ブランシュはびくりと飛び上がった。いつの間にかルシアンが帰ってきていたらしい。

「貸してみろ」

ルシアンは彼女の手から火打石と火打金を取り上げ、荷物から火口と呼ばれる乾燥した繊維を取り出した。親指ほどの大きさの火口を火打石の上に載せて、その縁に火打金を打ちつける。なんどかすると、飛び散った火花が火口に移った。

「小枝を」

ブランシュはすぐにかまどの中に置いてあった小枝を彼に差し出した。

ルシアンは軽く息を吹きかけて火口から小枝に火を移し、あっという間に火をおこしてしまった。

「意外と難しいんですね」

「おまえも慣れればすぐにできるようになる」

すっかりしょげたブランシュをルシアンが慰めた。

それからルシアンは夕食の仕度に取りかかる。

泉の水を鍋に入れ、市場で買ったイモや小さな玉ねぎを放り込むと、さらに鳥の肉、香辛料を加えて火にかけた。

「ブランシュ、火の番をしておいてくれるか？　少しあたりを見回ってくる。なにかあれば声を上げてくれ。すぐに戻る」

「わかりました」

ブランシュは今度こそ役に立とうと意気込んだ。

火が弱まる前に、集めておいた枝をくべて火が消えないようにするのはそれほど難しくない。

ぐつぐつと鍋が煮え始めたころ、ルシアンが戻ってきた。

「火は大丈夫か？」

「もちろんです！」

ブランシュは胸を張って鍋を指し示す。ルシアンは鍋の様子を確認すると、にっこりとほほ笑んだ。

「いい子だ」

大きな手で彼女の頭を撫でる。

ブランシュは、家族以外の男性にこんな風に褒められたのは初めてだ。

ルシアンに触れられると、認められた、褒められたという喜びと、同時にむず痒いような気恥ずかしさを感じて、ブランシュはそっと口元を緩めた。

「あとは俺が準備するから、おまえは休んでいるといい」

ルシアンは荷物から毛布を取り出して、彼女が座る場所を作ってくれた。

「でも、ルシアンだってずっと動きっぱなしで疲れているでしょう？」

「俺は身体を動かすことに慣れているし、おまえとは元の体力が違う。気にしなくていい」

確かにずっと馬に揺られていたせいで、思っていたよりも疲れている。ブランシュは彼の言葉に甘えることにした。

「ありがとうございます」

ブランシュは毛布の上に腰を下ろして、ルシアンが夕食を作る横顔を眺めた。

空はすっかり夕闇に支配され、地平線にわずかに明かりを残すのみとなっている。

たき火の明かりに照らされる彼の姿を見ていると、ずっとこんな時間が続けばいいのにと願わずにはいられない。

目的地であるストラウドに到着するには、あと半日ほどかかるという。刻一刻とルシアンとの別れが近づいていることを実感する。

「そろそろできあがる。器(うつわ)を用意してくれるか?」

鍋をかき混ぜていたルシアンが顔を上げた。

「はい」

ブランシュは荷物の中から器(うつわ)を取り出して、ルシアンに手渡す。

ルシアンは出来上がったスープを手際よく器(うつわ)によそって返してくれる。

香辛料の香りが食欲をそそった。今夜の夕食は鳥のスープと市場(いちば)で買ったパンだ。

「さあ、召し上がれ」

ルシアンにすすめられ、ブランシュはスープを木匙(きさじ)ですくって口に運んだ。

「美味しい！」

しっかりと中まで火が通った肉は、ほろほろと骨から簡単に外れるほど柔らかい。ブランシュは少し硬いパンをちぎってスープに浸した。

骨と肉から染み出たうま味がスープに溶け出ていて、何杯でも食べられそうなほど美味しい。

夢中になって食べていると、ブランシュはふと視線を感じて顔を上げた。ルシアンが楽しそうにこちらを見ている。

「なにか変ですか？」

「いいや。本当に美味しそうに食べるなぁ、と思っただけだ」

王族として恥ずかしくない振る舞いをしているつもりだが、ルシアンに見られていると思うと、ぎこちなくなってしまう。

「あんまり見つめないでください……」

「どうして？」

ルシアンは嬉しそうに目を輝かせた。

「恥ずかしいからです」

「いい兆候だ。俺のことを意識しているのだろう？」

「意識って……」

彼の言葉は的を射ていた。

しかし、自分ばかりが彼を意識しているみたいで、ブランシュは悔しい。

「違います。無作法じゃないかと……」

「……ふうん。わかった。気をつける」

にんまりと笑う彼は、とても反省しているようには見えない。そんな彼の表情を愛おしく感じてしまって、ブランシュは胸がいっぱいでなにも言えなくなる。

ブランシュは無言でスープを口に運んだ。

残った鳥のスープは明日の朝、彼が別の料理にしてくれるらしく、火からおろしておく。使った食器を洗って食材を片づければ、あとは特にすることはない。火が消えないように時折たき木を足すくらいでよい。

夜空に広がる星にはうっすらと雲がかかっている。

ルシアンが淹れてくれた香草茶の入ったマグを手に、ブランシュはじっとたき火を見つめた。

「明日は早めに起きて移動しようか。ブランシュの乗馬の腕がいいから、考えていたよりも早くストラウドに着けそうだ」

「それは朗報ですね」

ストラウドに着けば、ヴァンや侍女たちと合流できる。改めてグランサムの王城へ向かうのか、外遊を中止し、帰国すべきなのか相談もできる。きっとみんな心配しているだろう。

早めにストラウドに到着できることは嬉しいのに、ルシアンと離れてしまうことが悲しい。

無理だとわかっていても、この時間が少しでも長く続けばいいと願わずにはいられなかった。

黙り込むブランシュに、ルシアンは声をかけてくる。

「ブランシュの家族について教えてくれないか？」

「そういえば、あまり私たちは互いのことを知りませんね」

彼に問われて、ほとんど互いのことを知らないとブランシュは改めて気づいた。

「両親はふたりとも元気で、姉がひとりと兄がふたりいます」

「それはずいぶんとにぎやかそうだな」

「そうですね。とても仲がいいです」

ブランシュの脳裏に、家族の顔が浮かぶ。

船が無事だったのであれば、きっとオルシュに連絡がいっているだろう。帰国したら、かなり叱られることになりそうだ。

家族は末子のブランシュのことになると非常に過保護だ。自分を守るためとわかっていても、あまりにも窮屈で、息が詰まってしまう。

「王位を継ぐのは長子である姉と決まっているので、私にはいまのところすることがないのです。もう少しみんなの役に立てればいいのですが……」

オルシュ王国では代々、男女問わず長子が王位を継ぐことになっている。長子である姉は次期国王として現国王の父を助けており、二人の兄もそれぞれ役目を持つ。家族の中で役割を持たないのは、ブランシュだけだ。

ブランシュはたき火の炎をじっと見つめた。

「そういえば、ルシアンのご家族は？」

「俺の両親はさっさと兄に王位を譲って、悠々自適の引退生活だ。国中を巡っているらしく、たまに城に帰ってくる」

「それは……ずいぶんと自由ですね」

王族が自由に城を出て生活しているなんてと、ブランシュは驚いた。グランサムの王族の暮らしぶりはオルシュとはかなり異なっていて、自由な生活を少しうらやましく思う。

「オオカミは縄張り意識が強い。王位を退いたあとも城に留まるのは、父たちには居心地が悪いのだろう」

「それはルシアンもですか？」

「……そうかもしれない。ずっと番を探して国中を旅してきたからな」

道理で野営の準備や、旅に必要な荷物を選び出すのに慣れているはずだ。

「だが、おまえという番を見つけたいま、放浪のときは終わった」

「それはどういう意味ですか？」

「俺の願いは、番であるブランシュと結婚することに変わった」

「それは……」

ブランシュはどうしてもうなずけない。

彼の望みを叶えられたらどれほどいいだろう。けれど父の許可もなく彼の求婚に応じることはできない。それがブランシュの王族としての矜持だった。

苦しくて、ブランシュは唇を噛みしめる。

「おまえが獣人だったら、わかっただろうに」

唯人であることを非難されたような気がして、ブランシュは悲しくなって彼に背を向けた。

「残念ながら私は唯人です。番だと言われてもよくわかりません」

「おまえに不満があるわけじゃない。ただ、この匂いを感じられたら、きっと俺がおまえを愛する理由がわかると思っただけだ」

ルシアンが突然、背後から抱きしめてくる。

「やっ、離して！」

「ダメだ。おまえの匂いを嗅いでいると、えもいわれぬ心地になる。酒も飲んでいないのに、クラクラするんだ」

彼が耳元にささやきかけてくる。

「背中に羽が生えて、空高く昇っていけそうなほど、極上の香りだ。おまえの声もいい。柔らかくて、高すぎず低すぎず、耳に心地いい。なんでもいうことを聞いてやりたくなる」

臆面もない褒め言葉を聞いているブランシュの方が恥ずかしくなってくる。

「もうやめて！　わかりましたから！」

「ああ、恥ずかしいのか。顔が真っ赤だ」

「わかっているなら言わないでください！」

（ああ、私はルシアンを愛している……）

王女ではない、ただのブランシュを求めてくれるのが嬉しかった。それでも、彼の想いに応える自由は、ブランシュにない。

ブランシュの胸の内を、口にできない想いがぐるぐると渦巻いた。

「あなたの気持ちはうれしいです。でも……」

「それ以上言うな。わかっている」

ルシアンはいっそう強く彼女を抱きしめた。彼の声は苦しげにかすれている。

いつも強気な彼が弱気を見せたのは初めてだった。

ブランシュが物語や、噂話で聞く恋の話は、甘くて楽しいものだった。

けれど、ブランシュがルシアンに抱く気持ちはそんなものとはまったく違う。それは極上に甘いのに、ひどく苦しい感情だった。

「もう、寝ようか？」

「……そうします」

ブランシュは立ち上がると、丸めて敷いていた毛布を避け、地面の上に油紙を敷く。さらにその上に毛布を敷いて、今夜の寝床を作った。

ルシアンは腰から剣を外して手の届く場所に置くと、毛布の上に横たわる。

並んで寝ると、近すぎるのではないか。

ブランシュがどきまぎしていると、ルシアンが手招きした。

「どうした？　ここにおいで？」

「ええっと……」

ぐずぐずしているブランシュに焦れたルシアンは、さっと立ち上がり、強引に彼女を毛布の上に寝かせる。

さらに、呆然としている彼女の上着を脱がし、毛布をかけてくれた。

「ほら、さっさと寝るぞ。明日も早い」

そう言って、彼女を背後から抱き込んで毛布をかぶる。

「ルっ、ルシアンっ！」

ブランシュがようやく己を取り戻した頃には、彼の腕から逃れようがなくなっていた。

「どうした？」

「別に抱きかかえなくてもいいと思います」

動揺を抑えきれないまま、もぞもぞと彼の腕を振り払おうとあがいてみるが、たくましい腕はびくともしない。

挙句の果てには、彼の尻尾がブランシュの足に巻きついてくる。

「おまえを守るためだ。なにもされたくなければじっとしていろ」

耳元に彼の息がかかり、思わず全身に震えが走る。

「なにもってなんでしょう？」

「俺だって男だ。愛しい人が腕の中でもぞもぞすると……な」

ルシアンは最後まで言わずに、腰のあたりを押しつけてくる。お尻になにやら硬い感触が当たって、ようやくブランシュは理解した。

「わ……かりました」

恐ろしいほどの速さで脈打つ自分の鼓動とは反対に、彼の鼓動は落ち着いている。

（こんなの、眠れるはずがない……）

ブランシュは無駄だと思いつつも、目を閉じる。

深呼吸をして落ち着こうとするのだが、身体の奥に熱がこもっているような気がして、なかなか落ち着けない。

「……はあっ」

ブランシュの口から意図せず、悩ましげなため息がこぼれた。

「眠れないのか？」

頭上からルシアンの甘い声が聞こえた。低く艶を含んだ声が彼女の耳を犯す。

「いえ、そのっ……、あっ！」

彼の吐息が耳にかかり、ブランシュはびくりと身体を強張(こわば)らせた。

「眠れるようにしてやろうか?」

「ど、どうやって?」

「この熱を発散させれば、眠れるだろう」

ルシアンの言葉を聞いて、ブランシュはようやく自分が発情しかけていることに気づいた。

満月のときほどではないが、そのときを思い出させるような衝動が身体の奥に息づいている。

「あっ!」

ルシアンの手が不埒(ふらち)な目的を持って動き始めた。服の上から胸の先をつままれ、ブランシュは艶(つや)を含んだ声を漏らす。

「やだ、こんな場所で……っ」

毛布をかぶっているとはいえ、ここは屋外だ。ブランシュは声を抑えようと口を覆(おお)う。

「さすがに最後までは、しないさ」

「っや、あっ……」

毛布の下で彼の手が股のあいだに伸びてくる。ブランシュは彼を止めようと手を伸ばした。

「ダメだ。いたずらな子猫ちゃん」

ルシアンはたやすく彼女の手首を捕らえると、頭上でひとくくりにまとめて押さえ込んでしまう。

「やだっ……」

秘められた部分を服の上から撫でられ、口から声が漏れるのを抑えられない。

「ふぁ……」

ルシアンは小さく笑うと、ブランシュの服の中に手を潜り込ませてくる。

彼の手がふとももの内側をするりと撫で上げた。

「ひ、んっ……」

ブランシュの身体は彼の愛撫にいともたやすく燃え上がった。

わずかに触れられただけで、身体の奥からとろりと蜜が溢れ出す。じわりと濡れた感触が自分でも嫌になるほどはっきりとわかった。

ルシアンの指が下着をかき分け、先ほど布の上から撫でた部分に直に触れる。

直接的な刺激に、ブランシュは大きく目を見開いた。

「っひあ、あ……！」

「いい匂いがすると思ったら、やはり濡れている」

ルシアンの熱のこもった吐息が耳にかかる。

ブランシュの頬にかっと血が上（のぼ）った。恥ずかしくて声も出ない。はしたなく濡れていることが、匂いで知られてしまっていたのだと思うと、死んでしまいたい。

彼の指が割れ目をなぞり、ブランシュは大きく目を見開いた。

首元に顔を埋（うず）めたルシアンが、大きく息を吸い込む。

「なんていい匂いだ。甘くて、くらくらする」

うっとりと上（うわ）ずった声でささやかれ、ブランシュの心臓はバクバクと大きな音を立てた。

「……っ、あ、ふぁ、あ」

彼の指が溢（あふ）れた蜜をすくい取る。指にまとわせ、秘裂の縁をなぞると、ブランシュの身体はびくびくとのたうった。

「気持ちいいか?」

耳元でルシアンに問われ、ブランシュは無言でなんどもうなずく。

ルシアンが小さく笑う。

彼女にはもう抵抗する気力はなく、頭上に囚（とら）われていた腕はいつの間にか解放されていた。

「どこがいい？」

「しら……ないっ」

正直なところ、彼の触れる場所すべてが熱くてたまらない。どこに触れられても、身体は張り詰め、その先に待つ快楽の頂点へ向かって勝手に熱を帯びていく。

「なら、いろいろと確かめてみようか」

「そんなのっ、しなくていいっ……」

ここが外であることを気にする余裕もなく、ブランシュはルシアンにしがみついた。向かい合わせになると、ルシアンは噛みつくようにキスを仕掛けてくる。口づけはすぐに深いものへと変わった。

「っは、ふ、ん……あぁ」

溢れた唾液が口元を伝い、首筋に流れる。

液体が皮膚の表面を伝う感触にさえ、全身が総毛立つような快感が走る。

ルシアンは流れた唾液を追って、ブランシュの首元に舌を這わせた。

「ひあぁ、やあぁ……」

大きな舌でブランシュの肌をじれったいほどにゆっくりとなぞる。そのたびに彼女の背にはぞわぞわとなにかが駆け抜け、身体をしならせてしまう。

そのあいだもルシアンの手は、休むことなく彼女の秘裂を丹念に慰めていた。

一本だった指がいつの間にか二本に増やされ、ぐちゅぐちゅと中をかき回されるたびに、ブランシュの思考が蕩けていく。

その隙にルシアンは彼女の服を捲り上げ、あらわになった頂にかじりついた。

「っひあぁぁ！」

胸の先を吸われるたびに身体の奥が疼き、ジンと腰が重くなる。

内部をかき乱されると同時に胸の頂を攻められて、ブランシュはなにも考えられなくなった。

ブランシュの艶めかしい声と姿に、ルシアンの欲望もまた昂ぶる。硬く立ち上がったそれを彼女の腰に擦りつけながら、胸の頂を強く吸い上げる。

「はぁ……う、ん」

彼女の内部を穿つ指はゆるゆるとしか動かない。とぷりと最奥から蜜が溢れ、あたりに芳香をまき散らす。

番から放たれる香りに、ルシアンは鼻を蠢かせ、尻尾を落ち着きなく振った。

ブランシュが立ち上らせた芳香は夜風にすぐに散ったが、彼女の身体にこもった熱はまったく冷める気配がない。それどころか、彼の手によってますます切なさを増した。

ブランシュはもじもじと腰を動かす。

早くその先にある快楽が、欲しい。ルシアンが与えてくれる悦楽が欲しくてたまらない。

「ルシ……アン」

ブランシュは潤む瞳で彼を見つめた。

「どうしてほしい？」

彼女が求めるものを知りながら、彼は意地悪く尋ねる。アイスブルーの瞳が夜の闇の中でも煌めいていた。

「イか……せて……ほしっ」

「おまえの望むままに」

彼女から言葉を引き出したルシアンは獰猛な笑みを浮かべたあと、ようやく彼女の願い通りに激しく指を動かした。

「ひ、あ、あ、ルシア……、ん！」

目の前がちかちかと明滅し、頭の中が真っ白になる。

ブランシュはたくましいルシアンの肩にしがみつき、全身を襲う快楽の波に翻弄された。

はふはふと荒い息を繰り返すブランシュの目は、焦点が定まっていない。

「ブランシュ……、かわいい」

ルシアンは達したばかりで敏感になっている彼女を抱きしめた。

密着した部分から彼の欲望が張り詰めているのが伝わる。

「ルシアン……は、いいの？」

先ほどまで彼女の奥底でくすぶっていた炎は、一度達したことでかなり治まっていた。

けれどルシアンの雄芯はいまだ硬く張り詰めている。

「なら、手を貸してくれるか？」

ブランシュはおずおずとうなずく。

「どうしたら……いいの？」

ブランシュはルシアンに導かれて高まっている部分に手を伸ばした。ズボンのボタンを彼の手を借りてどうにか外すと、大きな昂ぶりが現れる。

それは凶悪なほど反り返り、幹には血管が浮かんでいた。

「そこを擦るんだ。おまえにしたように、そっと」

うるさいほど鼓動がどくどくと耳の中で鳴っていた。

ブランシュは息を呑み、そっと剛直の先端に指を絡める。

そこは熱くて、滑らかな不思議な感触をしていた。

「……っは、そうだ。もっと全体を握って」

ルシアンは苦痛をこらえるかのように眉間にしわを寄せている。けれど彼の瞳は欲望で底光りしていた。

ブランシュは彼の視線に促され、そっと剛直を握り込む。

大きすぎて片手では回りきらない。ブランシュはもう片方の手を添えて彼の欲望を包み込むと、ゆっくりと手を動かした。

「は……あ、いいぞ」

彼女の手の中で、欲望は見る間に張り詰めていく。ブランシュは目を瞠った。

しかし、うっとりとしたルシアンの視線に勇気づけられ、ブランシュは大胆に手を動かし始める。

「っく、……は」

わずかなぬめりが先端から滲み出し、彼女の手を濡らす。

ブランシュはそのぬめりを先端の膨らみに広げるように手を動かした。

「はぁっ」

ルシアンが吐息をこらえる様子は艶めいていて、ブランシュの胸はドキドキする。

彼の満足げな様子に自信を得たブランシュは、脈打つ幹も扱く。

小さなブランシュの手では彼の太い幹を完全に包むことはできない。両手で剛直を包み込むようにして擦った。

「ああ、上手だ。ブランシュ……」

彼の手がブランシュの髪をそっと撫でる。

剛直からオスの匂いが立ち上り、ブランシュの鼻の奥に広がる。

ブランシュはその香りに身体の奥が熱くなるのを感じた。

懸命に指を動かしていると、彼の息がどんどん荒くなっていく。たくましい身体から発せられる熱は上昇し、足には力が込められている。

彼の限界が近いことを察し、ブランシュは彼がしてくれたように激しく手を動かした。

「あ、あ……、ブランシュ……っ！」

ルシアンは切羽詰まった声と共に、彼女の手の中に白濁を吐き出した。先ほどとは比べ物にならないほど強く、独特の芳香があたりに広がる。

「は……あ……」

ルシアンの漏らした熱い吐息に、ブランシュは治まったはずの熱が再び煽られ、身体の奥から甘い芳香を放ち始める。それはルシアンが放ったオスの香りと混ざり、甘く香った。

「いい匂いが……する」

彼に欲望の高まりを見抜かれて、ブランシュはびくりと身体を震わせた。

止める間（ま）もなく、彼の手が足のあいだに伸びる。

「あ、やだっ……」

そこは言い訳もできぬほど濡れそぼっていた。

「おまえのなかに入らせてくれ」

「それは……」

あのときは発情期だと言い訳もできた。だが身体に息づく衝動はあのときほど強くはなく、言い訳にはならない。

「だめ……っ」

「ならば、ここを舐（な）めさせてくれ」

ルシアンは彼女の秘裂のあいだをそろりとなぞる。彼も自分の要望が受け入れられるとは思っていなかっただろう。

即座に別の提案をされて、ブランシュは迷う。

「え……？」

「こんな香りをさせているのだ。嫌ではないだろう？」

ルシアンはそう言うと、彼女の足のあいだに潜(もぐ)り込んでしまった。彼女の膝をつかんで足を広げさせる。

「やっ、やめて！　ルシアン！」

「ああ、ここまで濡れているな」

彼の言葉通り、ブランシュの太ももは彼女の秘所から溢(あふ)れた蜜で濡れていた。

「やだぁ……、っひ」

べろりと太ももの内側を舐(な)め上げられて、ブランシュはわななないた。

白く透(す)き通るような肌は、羞恥(しゅうち)と興奮で赤く色づいている。

ブランシュは涙を滲(にじ)ませながら懇願(こんがん)した。

「ルシアン、やだ」

「これほどの匂いを放っているんだ。このままでは眠れないはずだ」

「……っ」

確かに彼の言う通りだったので、ブランシュはなにも言えなくなる。蜜を溢(あふ)れさせている秘所は熱く疼(うず)き、このままでは眠れそうにない。

ブランシュは足から力を抜いた。

ルシアンはそれを了承の意ととって、にやりと笑う。そして彼女の秘所に顔を近づけ、匂いを嗅いだ。

「ああ……たまらない」

彼の耳がぴくぴくと震えるのが、暗い中でもわかった。

彼の指が花びらを押し広げると、ひやりとした空気がそこを撫でる。

ブランシュが寒さを感じて身体を震わせた瞬間に、彼の舌がそこに触れた。

「っひあああっ！」

ぬるりとした感触が花びらを割って内部に侵入する。

彼女の身体はびくびくと震え、のたうった。あまりに強い刺激に、彼女の腰は勝手に逃げを打つ。

「だめだ。逃がさない」

獰猛な獣がぎらぎらとした瞳で彼女を射貫く。闇の中でもはっきりとわかって、ブランシュは動きを止めた。

「それでいい」

満足げにうなずいたルシアンは、再び蹂躙を開始する。

「る……しあん、やあぁっ」

「本当に嫌ならこんなふうに蜜を溢れさせてはいけない」

彼の吐息がかかり、それだけで感じてしまう。こんなに甘い声を出したら、嫌がっていることを信じてもらえないのはブランシュにもわかった。

「も、むりぃ……」

「まだイける」

会話の合間にも彼の舌が止まることはなく、確実に彼女を高みへと押し上げる。

ぴちゃぴちゃと淫らな水音が夜のしじまに響く。

「ふ、あぁ……ん、っふ、あ」

理性も思考もなにもかもが蕩けていく。脳裏に星が弾けて、全身の筋肉が弛緩する。

「気持ちいいか？」

「ん……ん」

ブランシュは子供のようになんどもうなずいた。

「かわいい……もう一回イっておくか？」

このまま流されてしまえば、後悔するのはわかりきっている。

そもそもいまも流されるつもりはなかったのに、彼に触れられると我慢が利かなくなってしまう。

彼の誘惑にたやすく負けてしまったことがうしろめたかった。

「もう……ダメ」

ブランシュは甘い誘惑をどうにか振り切って、ゆるゆると首を横に振った。

「残念」

ルシアンは言葉ほどには残念そうではない様子で身体を起こす。そして荷物から布を取り出し、彼女の蜜と彼が吐き出したものを綺麗に拭(ぬぐ)って後始末をした。

恭(うやうや)しい手つきで彼女の乱れた服を整えてから、自(みずか)らの服を直す。

それから彼はもう一度彼女を抱き込んで横になると、今度こそ身体を休めるべく眠りについた。


「ブランシュ、起きろ」

安らかな眠りは、ルシアンの低い声によって破られた。緊張を孕(はら)んだ声に、ブランシュは慌てて飛び起き、周囲を見回した。

「囲まれている」

ルシアンはすでに警戒態勢に入っている。

まだ夜は明けきっておらず、たき火も消えていてあたりは薄暗い。彼女が目を凝(こ)らしても、ほとんど状況がつかめなかった。

「すみません、よく見えません」

「俺から離れるな」

身体を低く構え、剣を抜き放ったルシアンは、油断なく周囲を見回していた。

「はい」

ブランシュは急いで身支度を整える。息をするのもはばかられるような緊張した時間が流れ――

それは、唐突に訪れた。

キィンと甲高い金属音がして目を向けると、いつの間にか近づいていた獣人とルシアンが向かい合っていた。

「何者だ！」

ルシアンの誰何に応えることなく、襲撃者は無言で剣を振り上げる。

派手な音を立てながら、ルシアンと獣人は二度、三度と打ち合う。

ブランシュがよく目を凝らすと、襲撃者のお尻あたりに猫の尻尾のようなものが見えた。どうやら猫の獣人らしい。

ブランシュはごくりと唾を呑んだ。

「ぎゃうっ」

ルシアンの鋭い突きに傷を負い、獣人が悲鳴を上げる。

背後にいるブランシュをかばっているため、敵の攻撃を避けることのできないルシアンは、彼女に指示を出す。

「下がれっ」

「はいっ！」

剣を持って戦うことのできないブランシュは、守られる方法を知っていた。守られる者は攻撃にうろたえたり、恐怖で動けなくなったりせず、護衛の指示に、即時に従わなければならない。

ブランシュは短く返事をして、彼の指示に従った。

怪我を負った獣人は下がったようだが、今度は別の獣人が襲いかかってくる。

近接戦では力の強いルシアンには不利だと悟ったのか、敵はナイフを投擲した。

ルシアンは飛んできたナイフを剣ではたき落とす。しかしブランシュを守りながら、すべてを弾くのはさすがに無理だった。

「あの木のうしろへ！」

ブランシュは慌てて示された木の陰に飛び込んだ。

敵が一体何人いるのかもわからない。向こう側からは時折、うめき声が聞こえてくる。

どうなっているのか覗き込みたい気持ちを抑えつけ、ブランシュはひたすらルシアンの無事を祈る。自身の安全を確保しなければ、ルシアンが不利に陥ってしまう。ブランシュにできることはなにもなかった。

「……もういいぞ」

しばらくして打ち合う音が静かになり、ルシアンの声が聞こえる。

武人を守護する神にルシアンの無事を祈っていたブランシュは、弾かれたように顔を上げた。

「ご無事ですか？　怪我は？」

ブランシュは木の陰から出てルシアンに飛びついた。

ぱっと見たところ傷を負っている様子はない。それでも心配で確かめずにはいられなかった。

「心配ない。大丈夫だ。それより、急いでこの場を離れるぞ。おそらく次がやってくる」

「わかりました」

周囲には血痕が飛び散り、地面や植物が荒れた様子ではあったが、誰の姿もない。

「襲ってきた者は？」

「怪我をした者を抱えて退却した。物取りか、はたまた別の勢力なのか……。いずれにせよここは危険だ」

「はい。すぐに準備します」

ブランシュは荷物をまとめる。するとルシアンが二頭の馬を引いて、戻ってきた。

ブランシュがまとめた荷物を馬に積むと、ふたりはストラウドに向かって馬を進めた。


五時間ほど駆けると、大きな街が見えてくる。

ストラウドの街はとても栄えているようだった。

外洋船の窓口となっていることもあって、かなりの交易量があるのだという。

門で兵の許可を受けて街に入ると、ようやくブランシュはほっとした。

ここまで来れば、夜中襲ってきた者たちもすぐには手を出せないはずだ。

そこでルシアンが提案してくる。

「少し休もう」

ブランシュは先ほどの襲撃者について、ルシアンに聞きたいことがある。しかしコンスタンス号との合流のときが近づいていた。

別れを告げる前にゆっくりと話をする機会を持つ方がいいと考え、ブランシュはルシアンの提案にうなずく。

「なら、せっかくだから本格的なお茶のお店にしよう」

ブランシュは彼の言葉に興味を引かれた。

「本格的なお茶、ですか？」

「そう。お茶とお菓子をゆっくり楽しめる店がある。どうだろう？」

「では、そこにしましょう」

ルシアンが案内してくれたお店は、ぱっと見た限りではお店には見えなかった。

民家の扉にしか見えない扉を開けると、目の前に衝立が置かれていて、店員らしき女性が現れる。

「個室は空いているか？」

「……どうぞ」

女性は小さな声でつぶやくと、ふたりを個室に案内してくれた。そしてすぐに戻っていく。

ブランシュはルシアンに促されて個室に足を踏み入れた。

個室は壁に囲まれた庭に面していて、景色を楽しむこともできる。植栽の緑が鮮やかで心が和む。

ルシアンが引いてくれた椅子にブランシュは腰を下ろした。

ぐるりと部屋の中を観察していると、先ほどの女性が個室に入ってきた。お茶と焼き菓子を載せたワゴンを押している。

赤い色のお茶が高い位置から注がれ、カップの中に満ちていく。

彼女は無言でカップをふたりの前に差し出した。

「どうぞ……。ごゆるりとお過ごしくださいませ」

静かに扉を閉めて女性が出ていくと、ブランシュは詰めていた息を吐く。

そしておもむろにカップを口に運ぶ。

「美味しい……」

お茶はすっとした柑橘系の香りがして、渇いた喉を潤していく。

ブランシュは普段、紅茶を飲むことが多い。けれど外遊の旅に出てからは香草茶を飲む機会が増えた。庶民のあいだでは香草茶の方が一般的であり、紅茶はかなり高級品らしい。

けれどもここで出されたお茶は、紅茶のようであり香草茶のようでもあった。

「これは紅茶に柑橘の皮を混ぜたものだ」

「なるほど……」

「ほら、お菓子も食べてみるといい」

ルシアンにすすめられるままに焼き菓子を口に入れる。

これでもかというほど砂糖を入れたように甘く、ブランシュは一瞬固まった。

「甘っ！」

ブランシュは表情を繕うことを忘れて叫んだ。

すぐさまお茶を口に含んで流し込んだが、甘みが口の中に残っている。

「ちょっと……、いえ、かなり甘いですね。もしかしてルシアンはかなりの甘党なんですか？」

「いいや。俺もあまり好まないが、おまえは好きかもしれないと思って……。しかし違ったみたいだな？」

顔をしかめるブランシュに、ルシアンはくすくすと笑った。

「この街では流行っているというので頼んでみたんだが、ハズレだったみたいだ。とはいえ、これほど砂糖をふんだんに使えるのは、この街だけだろうな」

「確かに砂糖や蜂蜜は贅沢品ですが……、これはさすがにやりすぎでは？」

「俺もそう思う。だけど、こうして贅沢品である砂糖をたっぷり使えば、財力があることを見せつけることができる」

「確かにそういう考え方もありますね……」

ブランシュはそれ以上お菓子を口にすることは諦めて、お茶を飲むことにした。

カップの中身がなくなると、すかさずルシアンが注いでくれる。

ほっと一息ついたところで、気になっていたことを尋ねた。

「先ほどの者たちはなんだったのでしょう」

「あれがおまえの船を襲った相手だろう」

「マートンからわざわざ追いかけてきたということですか？」

「襲ってきたのは猫の獣人だった」

「はい」

「マートンのギルド長も『猫が襲った』と話していたからな……」

「それでは、彼らの狙いは私ということでしょうか？」

「だろうな。船ではなくおまえを狙っているのだ。決して俺から離れるなよ？　こうなってくると、あまり身分を隠さない方がいいかもしれない。領主に助力を乞うて、王城から護衛を派遣してもらうのも手か……」

「あの、あまり大げさなことにはしたくありません」

ただでさえ彼には迷惑ばかりかけているのだ。ブランシュとしてはこれ以上大事にしたくない。

「俺ひとりでおまえを守れるなら、それでいい。だが、大人数で来ると守り切れなくなる。おまえを危険にさらしたくないのだ」

「でも私が狙われているのなら、オルシュの問題です。こうなっては一刻も早くコンスタンス号と合流すべきかと思います。これ以上あなたに迷惑をかけるわけには……」

「迷惑などではない。おまえは俺の番だ。番を守れぬなど、伴侶としての資格がない」

「でも……ルシアンはグランサムの王族でしょう。オルシュの問題に巻き込むわけには……」

「おまえは俺の命だと言っただろう！　どうしてわかってくれない！」

ふたりのあいだに険悪な空気が流れる。話は平行線で、交わりそうにない。

「お手洗いに行ってきます」

店員に手洗いの場所を聞き、用を済ませる。手洗いの扉を開けると、目の前に誰かが立ち塞がっていた。

「あの？」

「偶然だね、子猫ちゃん？」

不意に聞き覚えのある声が聞こえた。

慌てて顔を上げると、金色の猫のような瞳とぶつかる。

「あなた……は……？」

「マートンの街以来かな」

「え？」

マートンの広場で転びそうになったときに助けてくれた獣人だと、ブランシュは思い出す。しかしなにか嫌な予感を覚え、固まってしまう。

「ご主人様、忘れられているのでは？」

獣人の背後から少年が姿を現す。

「そんなに俺って、印象が薄いかなぁ？」

「さあ、どうでしょう。少なくとも私はご主人様のことは忘れられませんけどね」

目の前でふざけた会話を交わしている主従に、ブランシュはわけがわからず声をかける。

「あ……の……？」

「ああ、話が脱線してしまったね。子猫ちゃん」

青年はブランシュを軽々と抱き上げる。

「イヤっ……！」

ブランシュは精一杯の力で抵抗した。だが、青年の腕はびくともしない。

「子猫がひとりで出歩いていたら、さらわれても仕方がないんだよ？」

「離してっ！」

彼の言葉には不穏なものしか感じない。

「レオン、準備して」

「はいはい」

気の進まなさそうな従者の返事が聞こえたかと思うと、口元に布を当てられた。

ツンとした嫌な匂いがして、ブランシュは息を止める。なんとかして彼の手から逃(のが)れようと暴れるが、息が続かなくなって吸い込んでしまう。

くらりと頭の奥に霞(かすみ)がかかった。

「やだ……、どう……して……」

「ふふ。オルシュのお姫様、つーかまーえた」

楽しげに笑う青年の声が遠ざかる意識の中で聞こえた。

誘拐(ゆうかい)

「う……」

ひどく頭が痛んで、ブランシュは思わずうめいた。口の中がねばついていて、喉(のど)も渇いている。

「あ、姫様が目を覚ましたようですよ」

最悪なブランシュの気分とはまるで正反対の元気な少年の声が聞こえ、彼女はゆっくり目を開けた。

薄暗くてすぐにはわからなかったが、どうやらブランシュは天幕の中に横たわっているらしい。身体が鉛(なまり)のように重く、上半身をわずかに起こすのがやっとだ。

肘をついてなんとか身体を起こすと、彼女の顔を覗(のぞ)き込んでいた黒髪の少年と目が合った。その背後には茶と黒の混ざった髪色の青年が座っている。

ブランシュの身に起こったことが少しずつよみがえってくる。

彼らは、マートンの公園をひとりで散策中に出会った二人組だ。コンスタンス号との合流まであと少しというところだったのに、突如として現れた彼らに囚われてしまったようだ。

急激に意識を失ったのはなにか薬品を使われた所為だろう。頭痛もその影響かもしれない。

彼らがブランシュの身元を知っているのは、意識を失う直前に聞こえた台詞でわかった。どうやって身元を知ったのか、そしてどんな目的で彼女をさらったのかは、わからない。

（まずは彼らの目的を調べないと。助けは来ないかもしれない……）

絶望的な状況に泣きたくなる。

コンスタンス号のみんなはブランシュが生きているとは知らない以上、故国からの捜索は当てにできない。けれどルシアンは、彼女のことを探し出してくれるような気がした。

その望みに賭けるほかはない。

もしかしたら自力で脱出できるかもしれない。ブランシュはできることをしようと思った。

「な……」

彼らの目的を問いただそうとして、喉から漏れた声は驚くほどかすれていた。

「ああ、無理に声を出さなくてもいいですよ。お水は飲めそうですか？」

少年がコップを手に近づいてくる。

少年の手を借り、震える手をコップに添えて水を飲むと、少し気分がましになった。

「なぜ……、私をさらったんですか？」

まだかすれてはいたが、先ほどよりも声が出るようになっている。ブランシュは敵意を込めて青年を見据えた。

「欲しいものを手に入れるのに、理由が必要かな？」

確か、彼はシリルという名だった。

彼は金色の瞳を薄闇の中でらんらんと輝かせて、本当に不思議そうにブランシュを見つめている。首を傾げ、なにが悪いのかわからないという様子だ。

おそらく彼は、欲しいと思ったものはすべて手に入れてきたのだろう。そして、その傍若無人な振る舞いを許される地位にあるに違いない。

「シリル……だったかしら。あなたは、いったい何者なのです？」

ブランシュの問いに、彼はにんまりと笑った。シリルがブランシュに近づくと、少年は素早い身のこなしで場所を譲り、控える。

「クラウディオ・シリル・ジェンティーレ……と言えば、わかるかな？」

彼女はその名前に聞き覚えがあった。ロア公国の公子だ。

ブランシュは彼の目を見つめた。金色の猫の目が丸くなっている。

「もしかしてロアの公子……ですか？」

「せいかーい」

細長い尻尾を床に打ちつけ、シリルは悦に入った表情を浮かべている。

ブランシュは懸命に彼の国の情報を思い出した。

ロア公国はジェノバ王国とグランサム王国のあいだ、海に面した小さな国だ。かつてはジェノバの一部であったが、今は独立したため、服装や文化はジェノバとさほど変わらない。

そんなロアの国土のほとんどは砂漠で占められている。土地が農耕には適さない代わりに、海運業が盛んで、武力を重んじる風潮が強い。屈強な海軍を保持しており、その軍事力で周囲の国々から侵略を受けず、諸外国にも強い影響力を持つ国でもある。

シリルの傲慢な言葉も、その地位からくるものだと考えれば納得がいく。

「それで、ロアの公子様が私にどんなご用でしょう？」

ブランシュはずきずきと頭痛に悩まされながらも、精一杯の虚勢を張る。

「本当に、わからないの？　ブランディーヌ・ロワイエ」

シリルはきょとんとした表情で首を傾げた。

シリルに会話の主導権を握られていることに、ブランシュは苛立つ。だが、ここが正念場だと努めて心を落ち着ける。

「残念ながら、さっぱり」

「俺が君の求婚者として名乗りを上げていたことも、知らない？」

「ええ。私の婚姻についてはすべて国王に権限がございます。あくまで候補でしかない方のことは存じ上げません」

ブランシュはツンと澄まして彼の問いに答える。実際、なにも知らされていないのだ。

「ふうん。俺のことを知らないふりをしているのかと思っていたのだけれど、本当に知らなかったんだね」

シリルが彼女の頬に手を伸ばしてきて、ブランシュはビクリと震えた。

ルシアン以外には触れられたくない。

「君をさらったのはね、欲しかったからだよ。唯人であるその身体は、きっと俺たち砂漠猫の血を継ぐ者を産んでくれることだろう」

「あなたのおっしゃる意味がよくわかりません。唯人だから、なんだと言うのですか？」

「俺たち獣人が子に恵まれにくいことは知っているよね？」

シリルの問いにブランシュはうなずく。

「唯人とのあいだには獣人同士よりも子が生まれる確率が高い。なにより獣相の混じらない子が産めるしね。我がロアの奴隷市場では、唯人にはなかなかの高値がつくんだよ。だけど公子たる俺には奴隷の妻は相応しくない。やはり高貴な出自の妻でなければね」

彼は求婚者だと言いながら、彼女を子を産むための道具としてしか見ていない。

嬉々としたシリルの表情に、ブランシュは恐怖を覚えて総毛立った。

彼女の先祖が唯人の血を守ってきたのは、繁殖の道具にされるためなどではない。力で獣人に劣る自分たちが生き残るために、周囲の国々と同盟を結んできた結果に過ぎない。

同盟の証として嫁いだ先で、獣人の王とのあいだに多くの子をもうけたことが、周囲の国々とオルシュ王家の関係を決定づけた。

これまで他国へ嫁いだ先祖たちは、両国の懸け橋となる誇りを持っていたはずだ。

ブランシュはわずかに震えながらも、しっかりとシリルを見据えて答える。

「嫁いだ方との子を生せることは幸せなことでしょうが、そのためだけに嫁ぐつもりはありません。私を道具としてしか見ないあなたを、父上が私の結婚相手に選ぶとは思えません」

「だろうね……」

シリルは大仰な仕草で肩をすくめた。

「だからこそ、君をさらったんだよ。マートンの沖合で船を襲ったのはいいけれど、まさか接舷する前に君が海に落ちてしまうとは思いもしなかったよ。おかげで君の捜索にずいぶん時間がかかってしまった」

「私の乗った船を襲ったのもあなただったのですね」

「そうだよ。ずっと前から婚約者にしてほしいと願い続けてきたのに、君の父上ときたら、まったくもっていい返事をくれなくてね……。外遊中だという話を耳にしたから、君を一目見ようと待っていたんだ。そうしたら、君は船の上で無防備な姿をさらしているじゃないか。いっそこのままさらってしまおうと思ったんだが、見事に俺の手からすり抜けてしまった」

シリルは不機嫌な様子で尻尾を振っている。

ブランシュは言いようのない気分の悪さを味わっていた。

彼はブランシュを手に入れるために、手段を選ぶ気はないらしい。

周囲への影響を考えることなく、自らの欲望のみで突き進むシリルの考え方をブランシュは到底理解できそうにない。

「どうしてそんな……」

「だって、そうでもしなけりゃ君を手に入れられそうになかったんだ。しかたないよね。ギルドから君の消息を聞いて慌てて北上したら、妙に強い護衛を連れているし、失敗しちゃったんだよね。もっと簡単に手に入ると思ったのに、ずいぶんとてこずらせてくれたよ。なかなか隙がなくて苦労したけれど、思いもよらぬところで君の方から出てきてくれて助かった。既成事実を作ってしまえばいいんだからね」

シリルは片目をつぶっていたずらっぽい表情を浮かべる。

彼の言わんとするところに思い至り、ブランシュは青ざめた。

「既成……事実……」

呆然とつぶやくブランシュの頬を、彼の指がなぞる。

「だって、あの男には触らせたんでしょう？　匂いが変わったから、すぐにわかったよ。咲きかけの薔薇の蕾だったのに、ずいぶんと甘い香りになったね」

（彼は、なにを言っているの？）

ブランシュの頬が、一瞬で熱くなった。

獣人はそんなことまで匂いでわかるのかと、いたたまれない気分になる。ブランシュは顔を伏せた。

「だけど、どうしてあいつならよくて俺はだめなの？　あいつがグランサム国王の弟だから？」

「いいえ。私が王族として正しい行動を取っていたならば、決して彼に身体を許しはしなかったでしょう。でも彼を……ルシアンを好きになってしまったから」

シリルに問われたブランシュは、思わず本音を告げていた。

「いつの間にか気持ちが膨れ上がっていて……、好きになったとしても、婚姻を許されるかどうかもわからないのに、自分の気持ちを止められなかった」

「ふん、純愛だと言いたいのかな。だけどあいつは自分の番さえ守れないような男だよ？」

「それは私が不用意に彼から離れた所為で……」

「だとしても、あれで守っているつもりだったのかな？　こうして簡単にさらえたんだから、大したことのない男だ。俺なら誰の目にも触れないように、大事に宮殿の奥にしまっておくのに」

シリルはそこで話を切ると立ち上がり、天幕の入り口にかかった布に手をかける。

「夜が明けたら移動するよ。まだ数時間ある。荷物のように運ばれるのが嫌なら、いまのうちにゆっくりと休んで体調を調えておくことだね」

「どこへ行くんですか?」

「もちろん、我が故国ロアさ」

シリルはぶんと尻尾を振って天幕を出ていく。

天幕の隙間から見えたのは砂地と、夜空。少し離れた場所からは馬のいななきが聞こえてくる。

おそらくストラウドからずいぶんと離れてしまった。

ストラウドは少し寒いくらいだったのに、いまはかなり暑く感じる。砂地が見えたことから判断するに、南に近づいているのだろう。もしかしたら、自分は数日間気を失っていたのかもしれない。

「なにかご用がありましたら、声をかけてください。すぐそばに控えていますから」

従者の少年はそう言いおくと、シリルを追いかけた。

彼らのうしろ姿を見送って、ブランシュの口からは思わずため息が漏れた。

「どうしよう……」

彼らの思惑通りにロアへ行くわけにはいかない。

彼女には果たさなければならない役目がある。他国に利用されることだけは許されない。

ブランシュは手のひらに爪が食い込むほど、強く拳を握りしめた。

身体はあまり動かない状態だが、考えることだけならばできる。

意識のない人間を運ぶのは容易ではない。ブランシュは馬車かなにかに乗せられて運ばれたはずだ。グランサムの国境を越えてロアに入ってしまえば、追跡も脱出もますます難しくなるだろう。

なんとかしてシリル達のもとから脱しなくては。

そうすれば、ルシアンはきっと見つけ出してくれる。

ブランシュは必死に頭を働かせ、ここから逃げ出す方策を考える。

(いつでも逃げられるようにしておかないと)

痛む頭と、異様に重い身体を抱えていては、いざというときに動けない。少しでも体調を回復させるべく、ブランシュは天幕の中で身体を横たえた。

§

ブランシュが出ていき、取り残されたルシアンは苛立っていた。

このままでは彼女を傷つけてしまいかねない。そう思い、ブランシュのあとを追わなかった。

迷惑をかけられないという彼女の言葉は、彼の胸を大きくえぐる。

（嫌だ。おまえは、俺の……番だ）

番として必要とされなければ、生きている意味を見出せない。

番を失った獣人の末路は哀れなものだ。

獣人は、相手が嘘を言っているかどうかが匂いでわかる。相手に拒絶されたときに、本心かどうかはすぐにわかってしまう。

番から本心で拒否された獣人は、心か身体を病む。自分の半身を失って生きていける者などいないのだ。

ルシアンに迷惑をかけられないと、助力を拒否した彼女の顔は泣きそうで、彼女の香りは自分に対する思慕と、悲しみに溢れていた。彼女が自分を嫌っていないことは痛いほど伝わってくる。

けれど、ルシアンが彼女とのあいだに感じている絆は、簡単に諦められるような弱いものではない。問題があるのなら、解決するだけだ。

どんな手を使ってもブランシュを手に入れる。彼女にあんな悲しい顔をさせたくない。

ルシアンは改めて決意した。

（それにしても、遅いな……）

ルシアンは気になって部屋を出る。手洗いに向かうと、麻酔薬のような薬品のツンとした匂いがかすかに漂（ただよ）っている。

手洗いの中に彼女の姿はなく、ルシアンは嫌な予感がした。

（まさか、店の外に出たのか？）

慌てて支払いを済ませて店の外に飛び出すと、かすかに彼女の香りを感じる。

ルシアンは全力で香りを追い始めた。だんだん人気（ひとけ）のない方へ進む気配に、ルシアンは顔をしかめる。

ブランシュの残り香はあまり治安のよくない場所に向かっていた。

脈打つ心臓をなだめつつ、ルシアンは路地を疾走（しっそう）する。

そして、唐突に彼女の匂いが途切れた。

（そんな、ばかな！）

壁にはしっかりと彼女の香りが残っているのに、そのあとどこへ行ったのか痕跡が薄くなっていてわからない。まるでその場でなにかに包まれて連れ去られたかのように、ブランシュの香りが途切れている。

彼女の身になにかが起こったのは明らかだった。

「くそっ！」

思わず湧き上がった苛立（いらだ）ちのままに、壁を殴りつける。

こういう状況では匂いを頼りに彼女を探すことは難しい。

となれば、地道に目撃情報を集めていくしかない。自分ひとりの力では時間がかかりすぎる。

ルシアンは領主の館（やかた）を目指して駆け出した。

相手が誰であろうと、番（つがい）を奪う者は許さない。

ルシアンの中に強い怒りが渦巻（うずま）いていた。

ストラウド中央部にそびえる領主の館（やかた）へ駆け込み、大声で叫んだ。

「我（わ）が名はフランシス・ルシアン・ラ・フォルジュ。王の弟である。責任者を呼べ」

戸惑っていた役人たちも、王弟の名を聞くと慌てて上役を呼びに走る。

それを待つあいだも、ルシアンは焦燥（しょうそう）に駆られる。しかし、どこへ連れ去られたのかわからなければ、追いようがないのだ。

(焦るな、ルシアン。彼女を取り戻すための手順を間違えるな)

まもなく領主が息を切らして現れた。

同じオオカミの血を引く獣人であるストラウドの領主は、片膝をついてルシアンに恭順の意を示す。

「これはフランシス殿下、お目にかかるのは久方ぶりでございますな。さて、こちらにはどのようなご用でいらっしゃったのでしょう」

領主の仕草を見た館の役人たちも、慌てて同じように片膝をつく。

「我が番ブランシュがさらわれた。捜索のために手を貸してくれ」

怒りを押し殺して発せられたルシアンの声は、地を這うように低かった。

「それは……、番を見つけられたこと、まずはお喜び申し上げます」

領主のくだらない口上が続きそうで、ルシアンはギラリと苛立ちを込めて彼を睨む。

領主はルシアンの眼光にすくみ上がったが、すぐに落ち着きを取り戻す。

「仰せのままに」

恭しく礼をとり、指示を飛ばし始める。

ルシアンは応接室の一室に案内され、そこが臨時の会議室となった。

領主は警備の兵に連絡して、街の門番に不審な人物が通らなかったか情報を集めさせる。

そうしてルシアンのもとに集まった情報は、最悪の状況を示していた。

門番は街を出ていった者の中に、ブランシュらしき女性の姿は見なかったという。

彼女が姿を消してから門を出ていった者は、ジェノバ風の男たちが乗っていた荷馬車と、男性一人の旅行者が二組だけだという。

街の中に彼女の気配が感じられない以上、街の外に連れ出されているだろう。だとすればジェノバ風の男たちの荷馬車に乗せられていた可能性が高い。

「ジェノバ風の男たちはどこへ向かった？」

鬼気迫るルシアンの様子に、呼び出された門番の男はびくびくしながら答える。

「南です」

(やはり、ロアなのか)

ブランシュを狙ったのが猫だという話を聞いてから、砂漠猫の獣人が治めるロア公国の関与を疑っていた。

ルシアンは苛立たしげに、ぶんぶんと尻尾を揺らす。

そこへ街の中で情報収集にあたっていた警備の兵が戻ってきた。

「宿泊の予定を取りやめて、急に旅立ったロアなまりの男たちがいたようです」

「決まり、だな」

向かうべき場所を理解したルシアンは、上着を脱ぐ。

「フランシス殿下？」

領主は恐る恐るルシアンをうかがった。

「ブランシュを追いかける。人形（ひとがた）では間に合わない。獣形（じゅうけい）で行く」

そう言いながらルシアンは腰帯を外した。

「殿下！　無茶です。相手がどれだけいるのかもわからないのです。供をおつけください！」

「ついてこられる者だけでいい」

悲鳴のような声を上げる領主に構わず、ルシアンは次々と服を脱いでいく。

すべての服を脱ぎ捨てたルシアンは、オオカミに変じる。四（よ）つん這（ば）いになり、手足は見る間に毛皮に包まれ、白きオオカミの姿が現れた。

「ぐ……、う……」

人の姿よりもひと回りは大きいオオカミの姿は、力強く、威厳に満ちている。

その気高き姿に、応接室にいた兵士たちや役人たちから感嘆のため息が漏れた。

「着替エヲ身体ニ括（くく）リツケテクレ」

ルシアンがそう言うと、近くにいた兵は快（こころよ）く彼が着ていた服と小さめの剣を革袋に入れ、背に括（くく）りつけてくれた。

「助カッタ」

ルシアンが館を飛び出そうとすると、領主はまたも声を上げる。

「お待ちください！　すぐに供を呼び出しますので！　すぐに隊長を呼べ！」

領主は獣形のルシアンについていける兵士を呼び寄せた。いずれも獣形に変じることのできる獣人ばかりだ。

「少々荒ッポイコトニナリソウダガ、大丈夫カ？」

ルシアンが、オオカミや熊、豹の獣形となった兵士たちに問いかける。

「オ任セクダサイ。我ラハソノタメニオリマス故」

「ナラバ、遠慮ハシナイ」

ルシアンはそう言い捨てて、領主の館を飛び出した。四肢は力強く大地を蹴って、景色はあっという間にうしろへ流れていく。兵士たちは全力でルシアンのあとを追った。

（絶対に、助ける。だから、待っていろ。ブランシュ！）

ルシアンは全力で大地を駆け抜けた。

「姫様、お加減はいかがですか？」

従者の声で目覚めたブランシュは、ほとんど頭痛がなくなっていることにほっとする。だるかった身体もずいぶんと回復していて、これならば動けるだろう。

「気分は最悪です。が、身体はいくらかましになりました」

「それは……、申し訳ございません」

従者の口調は恭しいが、表情は面白がっているようだ。

似た者主従なのだと、ブランシュはこぼれそうになったため息を噛み殺す。

従者の少年から濡れた手拭いを受け取って顔を拭くと、少しさっぱりした。手拭いを少年に返しながらブランシュは気になっていたことを問う。

「あなた……ごめんなさい。お名前を忘れてしまいました。あなた以外に従者はいないのですか？　できれば侍女をつけていただきたいのですが」

もともとブランシュは侍女の手を借りなくても、身の回りのことはほとんど自分でできる。旅のあいだも、ルシアンの手を借りて身支度を整えたことはない。

けれど、王族として振る舞わなければならないときは、侍女の手を借りる。一般的に女性の世話は侍女の仕事なので、男性である従者の世話を受けることは、違和感があった。

「私はレオンと申します。シリル殿下は侍女を連れ歩くことを好みませんので、姫様にはご不便をおかけいたしますが、なにとぞご容赦いただきますよう、お願い申し上げます」

レオンは深く頭を下げた。

「侍女がいないのであれば、仕方がありません。レオン、その桶を貸してもらえれば自分で身支度します」

「こちらといたしましても、助かります」

レオンは手にしていた水の入った桶と柔らかな布をブランシュの脇に置いた。

「朝食は準備できておりますので、身支度が整いましたら、天幕の外へお越しください」

レオンが天幕を出てから、ブランシュはことさら時間をかけて身支度を調えた。無駄な抵抗かもしれないが、少しでも時間を稼ぐためだ。

用意されていたジェノバ風の服を身につける。ローブの下に着るのは恐ろしく薄い生地のドレスで、透けている。

生地の頼りなさに顔をしかめたが、仕方なく袖を通す。全身をすっぽりと覆うローブが用意されていなければ、絶対に着替えなかっただろう。

　それからブランシュはそれまで身につけていた服を手にすると、裾を引き裂いた。

　ルシアンに買ってもらった服を破ることにはかなり抵抗があったけれど、ほかに手がかりを残せそうなものがない。千切った布を小さくたたんで手の中に隠す。

　銀の牙の首飾りを服の上から押さえると、確かな感触に少しだけ勇気が湧いてくる。

（ルシアン、どうか……）

　ブランシュは手早く細工をすると、深く息を吸い込んで、覚悟を決めると天幕の布を払いのけた。

　予想通り、そこは砂漠の真ん中だった。

　見渡す限り砂と小石ばかりの不毛な土地で、街は影も形もない。

　風に少しだけ水分を感じるので、海が近いのではないかと予想する。

「おはよう、ブランディーヌ姫」

「……おはようございます。殿下」

　渋々ながらも挨拶をすると、シリルはにやりと笑って見せる。

「あまりご機嫌は麗しくないようだね」

「囚われの身で機嫌がいいはずがないでしょう」

ブランシュは澄ました態度で答え、シリルが示した場所に腰を下ろした。

「姫様、どうぞ」

すぐにレオンがお茶の入ったカップと、皿に盛られた果物を差し出す。

「ありがとう……ございます」

ブランシュはお茶を飲み、果物を黙々と口に運んだ。食欲はなかったが、食べなければ動けなくなる。それは気候の厳しい砂漠では致命的だ。

ブランシュは物問いたげなシリルの視線を無視して、周囲に目を配る。シリルとレオン以外にも護衛の兵が天幕を囲むように守っている。その数は四名。

これだけの人がいる隙をついて逃げるのは難しいだろう。

「食べ終わったら、馬車に乗って。すぐに出発するよ」

シリルにそう声をかけられて、ブランシュは黙ったままうなずく。

天幕が二、三立ち並ぶ向こう側に幌（ほろ）のついた馬車が停められていた。馬車を引くもの以外にも数頭の馬がいるようだ。

ブランシュは可能な限りゆっくりと時間をかけて食事を済ませた。

「ほら、早くして」

食事が終わると、シリルはぐずぐずしていたブランシュの手を強引に引き寄せた。

「触らないで！　嫌！」

嫌がる彼女をシリルは軽々と抱き上げて、馬車に向かう。

ルシアンではない人に触られるだけで、嫌悪感で泣きたくなる。ブランシュは唇を噛(か)みしめて涙をこらえた。

「あまり暴れるなら、縛らせてもらうよ？」

彼の瞳は真剣そのもので、ただの脅しではなさそうだ。ブランシュは動きを止める。

従者であるレオンは当然のようにシリルのあとについてきた。

幌(ほろ)を撥(は)ね除けて馬車に連れ込まれたブランシュは、目を瞠(みは)った。天幕などの野営の荷物が入り口近くに固められていたが、奥には敷物が広げられ、クッションがいくつか積み上げられている。快適に過ごせるように設(しつら)えたのだろう。

シリルはクッションの上に彼女を座らせた。

「大人しくしていること。たとえ逃げても、砂漠で遭難して死ぬだけだからね」

「わかっています」

にんまりと笑うシリルに、ブランシュはツンと顔を背(そむ)けて返事をした。

「レオン、姫君の世話をしっかりしておけよ」

シリルはそう言うと、従者を置いて馬車から出ていく。

「本当に猫遣(づか)いが荒いんですから」

レオンはひとりごちて、ブランシュをクッションの方に追い立てた。

「さあ、少しでもお休みくださいませ。唯人(ただびと)は脆(もろ)いと聞きますから、殿下のお子様を産んでいただくまでは元気でいていただかないと」

無神経なレオンの発言に、やはり彼らとは相いれないという思いが強まる。けれどブランシュはそんな思いを表情に出さず、大人しくクッションのあいだに身体を落ち着かせた。

いまはまだそのときではない。ゆっくりと動き出した馬車に揺られながら、ブランシュはじっと機会をうかがうことにする。

馬車は思っていたよりも揺れが少なかった。

幌(ほろ)の隙間からはほとんど景色が見えず、ロアに向かっているのは確かだろうが、どのあたりを進んでいるのかわからない。

無駄だと知りつつも、ブランシュはレオンに尋ねる。

「レオン、ここはどのあたりなんでしょうか？」

「気になりますよね。まあ、明日か明後日(あさって)にはロアに着きますよ。姫様は心配なさらなくて大丈夫です」

「別に心配しているわけではありません」

この従者はブランシュが聞きたいことをわかっていて、あえてはぐらかしているのだろう。主が主なら従者も従者だと、ため息をつきたくなる。

「次の休憩でわかってしまうと思うので、意地悪はこれくらいにしておきます。我々は海に向かって進んでいます。今夜には港に到着する予定ですよ」

「そうですか……」

もはやブランシュは怒る気力もなく、深いため息を漏らした。

景色もろくに見えず、レオンは楽しい話し相手にはなりそうもない。ブランシュは諦めと共に目を閉じた。

目を閉じると、浮かぶのはルシアンのことばかり。

もしかしたら、このままロアに連れ去られ、二度と彼に会えないかもしれない。

ブランシュはもう、真実から目を逸らすことはできなかった。

──彼を愛している。

自分でも恐ろしくなるほど彼に惹かれていた。

自国へ帰るときが別れのときだとわかっていても、一刻でも長く共にいたかった。けれどシリルにさらわれてしまい、この先どうなるのかわからない。

こんなに突然別れがくるのならば、自分の気持ちに正直になっておけばよかった。

(ルシアンが言っていたのは、本当のことだった)

番から離れてしまえば、生きていけないほどの喪失感に襲われると言っていた。ブランシュは獣人ではないけれど、いまならばよくわかる。

まるで引き裂かれたように胸が痛んだ。一目でいいから彼に会いたかった。

(こんなことになるのなら、好きだと言っておけばよかった)

自らの心をもてあましながら、ブランシュはひたすら機会を待ち続ける。

二時間ほど走り続けただろうか。馬車の速度が落ちているのに気づいて、ブランシュは目を開けた。

どうやら休憩のために停車するらしい。

レオンはすばやい身のこなしで荷台の後方へ進み、幌をのける。馬車の中にまぶしい日差しが降り注いだ。

周囲には少しだけだが緑が増えているような気がする。

ブランシュは完全に停まった馬車から、レオンの手を借りて降りる。

木陰で休んでいたシリルの隣に案内され、ブランシュは仕方なく腰を下ろした。

「ほら、ちゃんと水分を取っておいて」

シリルからコップを手渡されて、口をつける。

かすかに果物の香りがして、水に果汁をまぜた飲み物なのだと気づく。

気を遣(つか)ってくれているのだろうが、囚(とら)われの身ではそれを嬉しく思うような余裕はない。

ブランシュは一瞬シリルにコップを投げつけたい衝動に駆られたが、ルシアンに教えられた水の大切さを思い出して、握り直す。

改めてコップの中身を飲み干していると、視線を感じて顔を上げた。

シリルがじっとブランシュの挙動を見つめていたことに気づいて、うろたえる。

「私の顔になにかついていますか？」

「いいや、やっぱりブランディーヌはかわいいね」

「お世辞はいりません」

好きでもない人から褒められても嬉しくない。

顔を背(そむ)けたブランシュに、シリルは苦笑した。

「ツンとしている君もかわいいけれど、いつか俺の前で笑ってほしいな」

「そんな日はきません」

（私はなんとしてもオルシュに戻るの……。そしてもう一度ルシアンに、会いたい……）

「ブランディーヌ」

言いかけたシリルに、護衛が声をかけた。彼の表情は深刻だ。

「殿下、お話し中に申し訳ありません」

「ちょっと失礼するよ」

シリルはブランシュから少し離れて、護衛たちとなにやら相談していた。

「すぐに発つぞ！」

シリルが叫ぶと、皆が一斉に動き出す。レオンがブランシュを馬車へ促した。

護衛たちは慌ただしく、馬に駆け寄っていく。

「姫様、どうか馬車へお戻りください」

きっといまがそのときなのだ。

いまを逃せば、彼らから逃げる機会は二度と巡ってこない気がした。

「いや！」

ブランシュは弾かれたように走り出す。

「姫様！」

レオンが叫び声を上げたが、かまってなどいられない。何者かの気配が背後に迫り、
ブランシュは振り返る。

シリルは楽しそうに目を細め、ブランシュを追いかけてきていた。あれは獲物を追い詰めて楽しむ捕食者の目だ。捕らえられたら、いたぶられるに違いない。

(嫌！　助けて、ルシアン)

焦っているせいで足がもつれる。それでもブランシュはひたすら逃げた。

転んでは起き上がり、砂まみれになりながらも足を止めなかった。

「逃げ場なんて、ないよ？」

背後に迫るシリルは余裕で、楽しげですらある。

(だからといってやすやすと捕まるくらいなら、最初から逃げ出したりしない！)

「つーかまえーた」

「やっ！」

砂漠の向こうに海が見えた直後、ブランシュは背後からシリルに押し倒された。

勢いのままもんどりうって砂の上を転がり、ようやく動きが止まったときには、ブランシュは仰向けでシリルに手足を押さえつけられていた。

「さあ、お遊びの時間はここまでだよ」

シリルが宣言した。彼の身体の重みを全身に感じて、絶望に襲われる。

唯一の機会を失ったのだ。

　ブランシュは目をつぶった。

　そのとき、シュッと風を切る音がして、身体を押さえつけていた重みが消える。

「俺ノ番ヲ離セ！」

　慌てて目を開け、身体を起こすと、シリルとブランシュのあいだに銀色の影が立ちはだかっていた。

　ブランシュは新緑の目を大きく見開く。

　身体を低くしていまにもシリルにとびかかりそうな、銀色の獣。

　銀のオオカミがグルルと低いうなり声を上げている。

　シリルは険しい表情でオオカミを睨みつけた。

「誰だ？」

　オオカミの姿に、ブランシュの心に光が灯る。

「ルシアン……？」

　オオカミは首だけを動かして彼女を見つめた。

「ぶらんしゅ、逃ゲロ！」

　ブランシュがさらわれたストラウドからは、かなり離れてしまっていたはずだった。

　それでもルシアンは彼女を見つけ出してくれた。

ルシアンならきっと探し出してくれると信じていた。ブランシュの胸に歓喜がこみ上げる。

(本当にルシアンだ……！)

「グランサムの王弟か！」

シリルは忌々しげに舌打ちした。

獣形のルシアンが相手では不利だと悟ったシリルは、すぐさま服を脱ぎ捨てる。一瞬で人の大きさほどの砂漠猫と化して、シリルはルシアンに飛びかかった。

ルシアンはシリルの喉元に噛みつこうと牙をむく。

わずかの差でルシアンの牙から逃れたシリルは、猫の跳躍力でうしろへ飛び退く。

円を描くようにふたりは互いの隙をうかがい、睨み合った。

ブランシュは殺気に満ちた空気の中、手を組んでひたすらルシアンの勝利を祈る。

彼の言った通り、この場から離れるべきだったが、彼女の足は動かない。

ルシアンが先に仕掛けた。

深く沈み込んで飛び上がり、上からシリルに攻撃を仕掛ける。

ルシアンの攻撃はわずかにシリルの頬をかすめるにとどまった。ルシアンの前脚は空を切る。彼は綺麗に着地して勢いを殺し、すぐに身を翻してシリルに向き合う。

「痛イナァ……」

シリルの頬には血が滲んでいた。

「フザケルナ。俺ノ番ニ手ヲ出シテ無事ニ済ムトハ思ッテイナイダロウナ？」

怒りを孕んだルシアンの声は低くかすれていた。

「簡単ニ諦メラレルクライナラ、最初カラサラワナイヨネ」

「フン！」

ルシアンはまともにシリルと話すことを諦め、再び挑みかかった。

シリルは紙一重でルシアンの腕から逃れる。

「危ナイネェ」

シリルは傷を負っていても、余裕のある態度を崩さない。

ルシアンは隙を与えず、次々と攻撃を仕掛けた。

ブランシュはふたりの激しい攻防を、息を呑んで見守る。彼女にできることはただ祈ることだけだった。

「殿下！」

シリルの窮状に気づいたレオンが駆け寄ってくる。シリルの護衛たちは腰の剣を抜き放ち、ブランシュとルシアンを取り囲むように近づいてきた。

「れおん、ぶらんでぃーぬヲ」

「サセヌ！」

シリルの声をルシアンが遮って、飛びかかる。

「ギャウ！」

ルシアンはシリルの身体を押さえつけ、喉元に噛みついた。

「ガウウッ」

シリルは喉元を押さえられながらも、幾度となくうしろ脚でルシアンを蹴って逃れようとする。それでもルシアンは決して噛みついた顎を離そうとはしなかった。

「殿下を離せ！」

レオンが殺気立ってルシアンに近づいた。

「ルシアン！」

思わず叫んだブランシュの前に、いくつかの影が飛び込んでくる。

「ふらんしす殿下、先走リ過ギデスヨ！」

灰色のオオカミと豹、そして熊が現れ、ブランシュと護衛たちのあいだに割って入る。

「遅イ！」

「コレデモ全力デス。殿下ガ速スギルンデスッテ」

オオカミが不服そうに反論した。

獣の姿をしているが、言葉を操る彼らもまた獣人なのだろう。彼らはロアの護衛たちから視線を遮るようにブランシュと護衛のあいだに陣取った。

彼らの統率のとれた動きを見て、ブランシュは確信する。彼らは味方だ。

「れおんっ、ぶらんでぃーぬヲ逃ガスナッ！」

「殿下、いけません！」

レオンの叫びが引き金となって、戦いは始まった。

獣形になれないらしいロア勢は、武器を手に戦っている。けれど、自らの手足をそのまま武器として戦う獣たちとの力の差は歴然で、次第に獣たちの方が優勢になっていく。

彼らの様子も気になるが、それよりもブランシュの目はルシアンとシリルの攻防に奪われていた。

ルシアンの口の周りは血まみれだ。

「イイ加減ニシロッ！」

ルシアンがシリルに噛みつく合間に、声を上げる。

「嫌ダネ！」

傷を負っていても、まったく怯(ひる)むことのないシリルも負けじと声を張り上げた。

最初こそ互角だったが、戦いが長引くにつれシリルは明らかに疲労していた。だからと言って、ブランシュが安心できるほどシリルは弱い相手ではない。

ブランシュは息をつめて彼らを見守る。

助けてほしいと願っていたが、それ以上にルシアンが傷つくのはいやだった。不安で胸がつぶれそうだ。

（誰か、ルシアンを助けて！）

次の瞬間、砲弾の破裂する音が響きわたった。

「ナンダ？」

シリルが苛立(いらだ)たしげに顔を上げる。

戦っていた者たちも顔を上げ、周囲を見回した。

「間ニ合ッタカ……」

ルシアンの視線は海に向けられていた。

彼の視線を追ったブランシュは、見覚えのある船体が目に入り息を呑む。

「あれは……コンスタンス号？」

信じられない思いでつぶやくブランシュを、シリルが鋭(するど)く睨(にら)んだ。

「すとらうどデ修理中デハナカッタノカ?」

ルシアンが厳しい表情でシリルに迫る。

「マダ抵抗スルノカ?」

「コノママ続ケレバ、ぐらんさむノ船ガ出テクルノダロウ?」

「ヨクワカッテイルデハナイカ」

「俺ノ負ケダ」

ルシアンに押さえつけられたシリルは、悔しそうな表情で告げた。

しかしルシアンはシリルの身体により体重をかけ、前脚を振り上げようとする。

「ルシアン、それ以上はいけません!」

ブランシュが叫ぶと、ルシアンはシリルを押さえつけていた脚をゆっくりと外した。

「フン」

自由になるや否(いな)やシリルは跳ね起き、ルシアンから距離を取る。

主(あるじ)たちにもう争う気がないことに気づいた部下たちも、武器と牙(きば)を納めて離れる。

「イマハ引ク!　撤収ダ」

シリルの宣言に、ロアの戦士たちはつぎつぎと立ち去る。

シリルと従者のレオンだけがその場に残された。

「ぶらんでぃーぬ、俺ハ諦メガ悪イ。君ガ結婚スルマデハ諦メルツモリハナイヨ」

「ぶらんしゅハ俺ト結婚スルノダ、サッサト諦メロ」

「フン。決メルノハオマエデハナイダロウ。デハマタナ、ぶらんでぃーぬ」

ブランシュはシリルの挨拶(あいさつ)に返事をしなかった。

シリルのうしろ姿を見送って、ブランシュは安堵(あんど)の息を吐いたのだった。

　大きなコンスタンス号は水深の浅いこの場所に接岸できない。船から小舟を下ろし、ものすごい勢いで近づいてくる。小舟に乗っていたのは、護衛のヴァンと侍女のクロエだった。

「姫様、ご無事ですね？」

「はい」

　ブランシュは、自分の旅が終わったことを実感した。

　王女の無事を確認したヴァンは、厳しい表情をわずかに緩めた。

「ご無事でなによりです」

「あなたたちも無事でよかった。それにしてもどうやってここへ？」

「フランシス殿下から、姫様がロアにさらわれたという連絡を受け、全速力でこちらへ参りました。幸いにも船の修理は終わっており、航海に支障はありません。今度こそ姫様をお救いすべく、馳せ参じました。我らが不甲斐ない所為で、姫様を危険にさらしてしまい、大変申し訳ございませんでした。国に戻ったあかつきには、いかような処分も受けるつもりでございます。ですが、国に戻るまでは御身の護衛を務めることをお許しいただけますでしょうか？」

　ヴァンはブランシュの手を取り、額(ひたい)に当てた。

「許します。あのときは仕方がありませんでした。あなたの所為(せい)ではありません」

「いいえ。私はすぐに姫様を追って海へ飛び込むべきでした。水夫に探させたのですが、敵の攻撃もあり、見つけられず……本当に申し訳ございませんでした」

「いいえ、あの状況で海に飛び込むなんて、自殺行為です。思いとどまってくれてよかった」

「どうかその辺で。まずは姫様を休ませて差し上げましょう」

　クロエはブランシュの無事な姿に目を潤(うる)ませていた。

「よく、ご無事で……」

「クロエも無事でよかった」

「もったいないお言葉でございます。姫様、このまま外遊を続けることはできません。すぐ帰りましょう、オルシュへ」

「わかって……います。でも少しだけ待ってほしいの」

「承知いたしました」

ヴァンとクロエは頭を下げ、一歩下がる。

ブランシュは振り向き、ゆっくりとルシアンに近づいた。

ルシアンは人形に戻っていた。

「ルシアン……」

ルシアンは声をかけても微動だにせず、うつむいたままだ。

ブランシュも目を伏せる。

どうして彼は目を合わせてくれないのだろう。

「ルシアン……私のことが嫌いになった？」

「まさか！」

ルシアンは弾かれたように顔を上げた。

「あれほど守ると大口を叩いておきながら、むざむざおまえを危険にさらしてすまなかった。番失格で、合わせる顔がない」

ルシアンの悲痛な声に、ブランシュは慌てる。

「番失格だなんて……！　ちゃんと助けに来てくれたでしょう！」

アイスブルーの瞳は懇願を宿して、彼女を見つめた。

「俺を許してくれるのか？」

「当たり前です！」

ブランシュはルシアンの首元に抱きついた。

懐かしい匂いに包まれて、ブランシュの緊張の糸はぷつりと途切れた。彼女の目からぽろぽろと涙が溢れる。

「ブランシュ、汚れるから離れろ」

ルシアンの手や口の周りはシリルの血や砂埃で汚れていた。だがボロボロなのはブランシュも大して変わらない。

「嫌です……。怪我はないの？」

「かすり傷だ。おまえこそ大丈夫なのか、ブランシュ……？」

ルシアンの首にしがみついていると、涙が止まらない。

「こわ、かった……」

緊張が解けた反動で、恐怖が一気にブランシュを襲う。

「もう、二度とルシアンに会えないかと……思ったんです。でも……、きっとあなたが助けに来てくれると、信じていました」

ブランシュの頬を伝う涙を、ルシアンの舌が舐めとる。

「泣くな……。血で汚れた腕では、おまえを抱きしめられない」

「無理です……」

ブランシュは涙をこらえ、なんとか笑おうとした。いまを逃せば、きっと二度と彼に想いを伝える機会はないだろう。

ブランシュは思いの丈を込めて、彼の耳元でささやく。

「あなたを、愛しています」

「ブランシュ……っ！」

ルシアンの声が上ずり、耳がぴんと伸びた。

「それは俺の伴侶となることを承知してくれるということか？」

「姫様、そこまでです」

ヴァンの冷静な声がルシアンの言葉を遮り、ブランシュを現実に引き戻す。

ブランシュはきゅっとルシアンの首元に強く抱きついた。

温かでたくましい感触は泣きたくなるほど心地よい。できるなら、いつまでもこうしていたい。

だが、いまのブランシュにそれは許されない。

「助けに来てくれて、ありがとうございました」

ブランシュはルシアンから離れ、頭を下げる。

再び顔を上げたときには、涙は止まっていた。

そこにいたのはブランシュではなく、オルシュの王女ブランディーヌだった。

「おまえは俺の番だと言っただろう。当たり前のことをしただけだ」

「それでも礼を言わない理由にはなりません。私は……オルシュへ帰ります」

「だめだ！　愛していると言ってくれただろう？」

悲痛な声を上げるルシアンを、ヴァンが押し止める。

「あなたも王家の一員ならばわかるでしょう」

「わかるものか！　誰であろうと、番を引き離すことなどできない」

ルシアンはヴァンに向かって吠えた。

「まさか！　姫様は殿下の番なのですか!?」

めったに表情を崩さないヴァンの驚愕の表情に、ブランシュの方が驚いてしまう。

「そんなに……驚くようなことなのですか？」

「獣の血を引く者ならば番を引き裂くような愚は犯さない」

唯人のブランシュに、その感覚はわからない。けれど彼と離れ離れになって、生きていける気はしなかった。

「私は獣人ではないので、ルシアンが番だと匂いで知ることはできません。でもそんなことには関係なく、私はルシアンを……愛しています」

ブランシュの宣言にルシアンの尻尾がぶんぶんと嬉しそうに揺れ始める。

「ルシアンにお願いがあります」

「おまえの願い事ならばどんなことでも叶えよう」

彼の言葉に勇気づけられて、ブランシュは胸に秘めていた願いを口にした。

「一緒にオルシュへ来てくださいませんか？　父と母にあなたとの婚姻の許可をもらいたい。どうか私と共に許しを請うてください」

「ブランシュ……！」

「姫様っ！」

ヴァンの制止を振り切って、ルシアンは彼女を抱きしめる。

「当たり前だ。こちらからお願いしたいくらいだ。……ようやく、おまえから俺を求めてくれたんだな……」

見上げたルシアンのアイスブルーの瞳は、わずかに潤んでいた。

「もし……父上や母上、お姉様たちが許してくださるならば、私はこれからの人生をあなたと共に歩んでいきたい。この願いがわがままだという自覚はあります。それでも、この気持ちを諦めたくないんです。あなたに助けてもらうばかりでなにも返せていない私でも、あなたは許してくれますか？」

ブランシュは祈りを込めてルシアンを見つめた。

「俺はおまえに出会ったときからずっと俺を受け入れてくれる日を待っていた。おまえの家族の理解を得るためなら、どんなことでもしよう」

「ルシアン……、本当にありがとう」

ブランシュの眦に再び涙が滲む。今度は悲しみではなく、喜びの涙だった。

「俺の方こそ、本当にすまなかった。おまえを守ると誓ったのに、危険にさらしてしまった。許してほしいとは言わない。だが、この先の行動でそれを証明させてくれ」

「……はいっ！」

ブランシュは涙声でうなずいた。その様子をヴァンはおろおろしながら見守っている。

「姫様とフランシス殿下が、本当に番なのであれば……。いえ、これ以上、私の口から申し上げることはございません。どのみち、早急に帰国し、陛下にご相談しなければ……」

あの冷静なヴァンがここまで取り乱すとは、ルシアンとブランシュが番だというのは、両国の関係に大きな影響を及ぼすことなのかもしれない。

「ブランシュ、ついでだから聞いておいてくれ」

ルシアンが彼女を真剣な表情で見つめる。

「はい」

「番を殺すのに武器など必要ない。本気で番の相手をただ『嫌いだ』と言うだけでいい。番から拒絶された者はそれだけで生きる気力を失い、命を落とす。番とはまさしく互いの半身なのだ。失って生きていくことはできぬほどに……」

ブランシュはルシアンが大げさなことを言っているのではと思った。

「そんなことで……？」

「そうだ」

ルシアンは嫌いだと言われることを想像したのか、絶望的な表情を浮かべた。

ブランシュは彼の表情を見て、番が命を分け合う半身なのだと改めて思い知る。

「冗談でも言いません！」

「そうしてくれるとありがたい」

ルシアンは神妙な顔でうなずいた。

「ヴァンも、どうかルシアンが同行することを認めてくれませんか？」

ブランシュはヴァンに声をかける。

国の者の中で、ブランシュに次ぐ地位と決定権を持っているのはヴァンだった。彼に認められないのであれば、父たちを説得するのは難しいだろう。

「姫様にそこまでの覚悟があるのでしたら、私に止める権限はございません。……それに、我らに姫様の情報をもたらし、助け出す算段をつけてくださったルシアン様を拒むことはできません。どうか思し召しのままに」

「ありがとう」

ブランシュはヴァンに向かって軽くうなずく。

「あの～、そろそろいいですか？」

不意に声をかけられ、ブランシュは飛び上がった。

「うるさい。いまいいところなんだ。邪魔するな」

ルシアンは不機嫌そうに声の主を睨んだ。

「どなたでしょう？」

灰色の髪にぴんと尖った三角の耳の獣人の姿には、なんとなく見覚えがある。獣形だったルシアン配下の獣人たちはみな、いつの間にか人形に戻っていた。

「申し遅れました。私はストラウドの警備隊隊長、ガストンと申します」

少々気取った仕草で挨拶をしたガストンに、ブランシュは感謝を込めてほほ笑んだ。

「あなた方も、助けにきてくださってありがとうございます」

ガストンのうしろに控えている大柄な獣人と少し小柄な獣人にも、軽く頭を下げて感謝を示す。

「どういたしまして、お姫様。いや、未来の妃殿下とお呼びした方がいいのかな」

妃殿下という呼び方に照れて、ブランシュはうっすらと頬を染めた。

「見るな、ガストン。ブランシュが減る」

ルシアンは機嫌が悪く、地を這うような低い声を出す。

ストラウドの警備隊長はどうやらとても話し好きのようだ。

「はいはい。殿下が落とした荷物もちゃんと回収してきたんですから、感謝してくださいね」

「ふん」

ルシアンは鼻息荒く返事をすると、ガストンから小さな物を受け取った。

ガストンはそんなルシアンの様子に頓着することなく、にこにこと話し続ける。

「殿下がひとりで先走ってしまわれるので、追いかける我々も大変だったんです」

「まあ……」

「でもそのおかげで間に合ったみたいで、よかったです。やっぱり愛の力ですねぇ」

にっこりと笑みを浮かべるガストンに、ヴァンが鋭い視線を送る。

「それ以上姫様に近づくな」

「はいはいっと。怖い番犬様だねぇ」

ルシアンにはブランシュに近づくことを許したヴァンだったが、ガストンには気を許していないらしい。

「それにしても、おまえが無事でよかった」

ルシアンはブランシュを強く抱きしめる。

彼の温もりに包まれ、ブランシュは改めて助かったのだと実感する。

「オオカミの姿も素敵だったけれど、やっぱり人形（ひとがた）の方が好きです」

「俺もおまえを抱きしめられる腕がある方がいい」

ふたりが抱き合う姿に、ガストンは空を仰（あお）いだ。

「ちょっとむず痒（がゆ）くなってきた」

「言い出したのは隊長でしょう？」

獣人たちがワイワイと騒ぎ出す。

「姫様に近づくなと言っただろう」

ヴァンがそこに加わって、張り詰めていた空気が柔らかくほどけていく。

ようやくルシアンの腕の中に納まったブランシュは、うっとりとその温もりに身を委（ゆだ）

ねた。

海沿いにコンスタンス号で北上したブランシュたちは、無事再びストラウドに入港を果たした。

ここまで船に同乗してきたガストンたちとはここでお別れだ。

「おまえたちには本当に世話になった。この手紙を領主に渡してほしい」

ルシアンは領主と兄に宛てた手紙をガストンに託した。

「殿下のお役に立ててよかったです。それでは、俺たちは領主の館（やかた）へ戻ります。おふたりがすぐに戻ってこられることを祈っていますよ」

ガストンはにやりと笑う。

「フランシス殿下、ブランディーヌ殿下に、よき風のご加護がありますように」

熊の獣人がぼそぼそとした口調で、それでもしっかりと航海の無事を祈ってくれた。

「ああ、本当に助かった。ありがとう」

「フランシス殿下が奥様を連れて帰国される日をお待ちしております。よき風のご加護がありますように」

豹（ひょう）の獣人もにっこりと笑って、旅の無事を祈ってくれる。

「ありがとうございます」

ブランシュは彼らの言う通り、再びこの地を訪れる日がくることを願った。

ブランシュたちは船に乗り込むと、船が港から離岸する様子を見守る。見送っていたガストンたちの姿がどんどん小さくなっていく。

「この国に戻ってこられる日がくるかしら？」

ブランシュはそっとつぶやいた。

「不安なのか？」

ルシアンが背後から彼女を抱きしめる。

「だって、私は初めての外遊に失敗してしまったんですよ。帰国したらすごく怒られるに決まっています。謝っても許してもらえないかもしれない。そんな状況で楽観的に考えるのは難しいです」

「大丈夫。怒っていたとしても、それはおまえを心配してのことだろう。おまえの幸せを願うならばきっと許してくださるはずだ」

「そうでしょうか？」

ブランシュは背後を振り返って、ルシアンの顔を見つめた。

「ああ、きっと。それに……」

ルシアンはブランシュの額にキスを落とした。

「たとえ許してくださらなくても、俺はおまえを諦めるつもりはないよ。おまえの家族から帰ってくれと言われるまで。城に居座ってでも、許しを得るつもりだ」

「そんなことにはならないように、我々も進言させていただきます」

ヴァンの声には諦めが含まれていた。それでもブランシュとルシアンが近づきすぎないように、しっかりと目を光らせている。

ブランシュは旅のあいだにルシアンと一緒に過ごすことが当たり前になっていた。気がつくと彼に寄り添っていることがたびたびある。

「おふたりが離れがたいことは重々承知しております。ですが、皆の目があるところでは節度ある行動を、どうかお願いいたします」

離れそうにないルシアンに、ブランシュが苦笑した。

「ルシアン。ヴァンがそう言うのです。どうか……」

「しかたがない。ブランシュが言うのなら……」

ルシアンは不承不承ながら、彼女を抱いていた手を離す。

ルシアンが離れていくと、胸の中からなにかがこぼれてしまったような不安に襲われた。これまでは、こんなことはなかったのに、ルシアンから少し離れるだけで胸に穴が空(あ)いたようだ。

「姫様、お部屋の用意ができました。どうぞお休みください」

ヴァンに促(うなが)されて、ブランシュはうしろ髪をひかれつつも自室に戻る。

すると、クロエが恭(うやうや)しく頭を下げて待っていた。

「お待ちしておりました。姫様」

ブランシュの居室は船長室のすぐ隣にあり、わずかな空間だが窓から外に出られる場所もある。大人がふたりで横になってもまだ余裕がある大きなベッドが設(しつら)えられている。

「さあ、どうぞお着替えください」

「湯浴みの準備をしてまいりますね」

クロエや侍女たちの手を借りて埃(ほこり)や汚れを落とし、ゆったりとした室内着に着替えると、どっと疲れが押し寄せた。

ブランシュは自分が思ったよりも疲れていたことに気づく。

鏡の前で髪を乾かしてもらうあいだ、ブランシュは強い眠気を感じてあくびを噛(か)み殺した。

「姫様、旅のあいだは髪と肌のお手入れをなさっていましたか？」

「いいえ、そんな暇は……」

「いけません。きちんとお手入れをしませんと」

「ああ、せっかくの美しい肌がカサカサに……」

侍女たちは口々に嘆きながら、ブランシュの肌に保湿クリームを塗っていく。

こんな風に世話を焼かれるのはひどく久しぶりな気がした。

「ありがとう。このまま休みたいのだけれど、いい？」

「では、私たちは隣の部屋に控えておりますね」

ブランシュをベッドに寝かせて、カーテンを閉めると、侍女たちは部屋から出ていく。

ブランシュはふかふかの大きなベッドに横たわり、目をつぶった。

せっかくルシアンと再会できたのに、別々の部屋で過ごさなければならないのが寂しい。

船上には関係者しか乗っていないし、ヴァン達が扉の前を守っているから大丈夫だと言われてしまえば、異議を挟むことはできない。

ルシアンは護衛という役割を失ったのだ。婚姻前の王族が異性と寝台を共にするわけにもいかない。

常識的に判断すれば、それが正しいのだとわかる。しかし寂しさは消えない。

先ほどまでは確かに眠たかったはずなのに、すっかり目がさえてしまっていた。

ブランシュは眠ることができずになんども寝返りを打つ。

彼女の頬に涙が滲んだ。

（私はこんなに弱かったかしら？）

隣の部屋でルシアンも休んでいるはずだ。

手を伸ばせばすぐに届く距離にいるはずなのに、とても遠くに感じてしまう。

それに、ふたりの婚姻を家族が許してくれなければ、彼と会うことはできなくなる。

いくらルシアンが許しを得るまで帰らないと言い張っても、決定権は両親にある。

もちろんブランシュも、絶対に説得する気だ。それでも、離れ離れになってしまうかもしれないという不安が消えることはなかった。

これから過ごすひとりきりの夜を思って、ブランシュは黙ったまま涙を流した。

帰国

終始ヴァンが不機嫌だということ以外、航海は順調に進んだ。

眠れぬ夜を過ごしているブランシュの顔色は悪い。ルシアンも心配していたのだが、このはっきりしない状況に変化があるまでは、どうにもならないことはよくわかっていた。

コンスタンス号はかなり船足が速く、オルシュへの帰路を四日で渡りきった。

オルシュの街ソルジュが見えてくると、ブランシュの胸に懐かしさがこみ上げる。

ほんのわずかなあいだに、いろいろなことがあった。

船の上から見える母国の街は何も変わっていないはずなのに、なんだか違って見える。

外遊を途中で切り上げることになってしまい、兄や姉、両親たちはさぞや怒っているだろう。しかも今後、ロア公国との関係は緊張すること必至だ。

暗い気持ちのブランシュを乗せて、船はゆっくりと港に接岸する。

桟橋から舷梯がかけられて、ヴァンたちが先に下船した。

　ブランシュはルシアンに手を引かれて、舷梯（タラップ）をゆっくりと下りた。一歩一歩オルシュの地が近づいてくる。ブランシュは桟橋（さんばし）に足を下ろした。

　帰ってきたのだ。

　ブランシュの胸に安堵（あんど）がこみ上げる。

「ただいま、戻りました」

「おかえり、ブランシュ！」

　港には下の兄であるリオネルが待ち構えていた。リオネルはルシアンを突き飛ばすようにしてブランシュを抱きしめる。

「よく、無事で」

　兄の身体が震えていることに気づいて、ブランシュは申し訳ない気持ちでいっぱいになる。

「お兄様、いろいろとごめんなさい」

「本当に無事でよかった」

　リオネルは彼女の身体を強く抱きしめる。てっきり開口一番怒られると思っていたブランシュは戸惑った。

「怒っていないのですか？」

「怒ってるに決まっている」

リオネルは抱きしめていた腕を解き、彼女の手を取った。

「さあ、帰ろう」

リオネルはルシアンの存在を完全に無視している。

ブランシュがルシアンの様子をうかがうと、彼は苦笑していた。

「お兄様、紹介させていただきたいのですが」

「それには及ばない」

リオネルは硬い表情でルシアンに向かい合った。

「ようこそオルシュへおいでくださいました、グランサム王弟殿下。私はリオネル・ロワイエと申します。オルシュ国王の息子であり、ブランディーヌの兄であります」

「初めまして。フランシス・ルシアン・ラ・フォルジュと申します。どうか、ルシアンとお呼びください」

「それではお言葉に甘えて、そう呼ばせていただこう。なにぶん、急な来訪ゆえに準備の至らぬところもあるかと思います。なにとぞご容赦(ようしゃ)いただきますようお願い申し上げる」

「こちらこそ、急な来訪を快(こころよ)く受け入れてくださって感謝します」

ふたりのあいだに目に見えない火花が散った気がした。

リオネルは賓客用に準備された馬車にルシアンを案内する。

彼と共に乗り込もうとしたブランシュを、リオネルが呼び止めて別の馬車を指し示す。

「私たちはこちらの馬車だ」

ブランシュが思わず不安げな視線をルシアンに送ると、彼は心配いらないというように笑う。

「承知しました」

ブランシュは兄の手を借りて、王族用の馬車に乗り込む。

兄は確実にブランシュとルシアンを引き離しにかかっている。ブランシュの心臓は不安に押しつぶされそうだ。

「お兄様……」

「話はすべてあとだ」

馬車は王都オルセーに向かって動き出す。終始無言のまま、ブランシュは不安な気持ちを抱えながら馬車に揺られた。

事の経緯についてはすでに手紙を鳥に運ばせて王に知らせてあった。しかし、それに対する返事はなかったのだ。ブランシュの心には不安ばかりが募った。

窓の外に流れる風景を目にしても、それを楽しむ余裕はブランシュにはない。

やがて馬車の速度が徐々に落ちていく。

一行は正面の門から入城した。車寄せに馬車が停まると、ブランシュの緊張はいよいよ高まる。

休む間もなく、ブランシュは王たちの待つ謁見室に通された。

「さあ、行っておいで」

リオネルに促され、ブランシュは謁見室の扉が開かれるのを待った。ここからはひとりだ。

一番奥の三段ほどの階段を昇った場所に玉座があり、父ジャン＝ジャック・ロワイエが座している。その右隣には王妃の椅子が置かれ、母エグランティーヌが座っていた。

両陛下の両脇には、王太子である姉アデリーヌと、上の兄シャルルが立っている。

彼らの表情は一様に硬く強張っていて、この先に待つものがブランシュにとって優しいものではないことを予感させた。

謁見室に他の廷臣の姿はない。

これは公式な謁見ではなく、家族としての場のようだ。

ブランシュは皆の前に進み出ると、左足を下げて優雅に礼をとる。

「ただいま戻りました」

「よく戻った。襲われたと聞いたが怪我はないか？」

自分と同じ緑の瞳がすべてを見透かすようにこちらを見つめている。

「はい。すべて、解決いたしました。ルシアン様のおかげでどうにか難を逃れました」

「ならば、よい。今回見送りとなった国へは、また改めて来訪の機会を作ろう。このたびはご苦労だった」

「ありがとうございます」

労いの言葉は嬉しかったが、ブランシュは素直に喜べない。

「お願いが……あります」

ブランシュは意を決して口を開いた。

ルシアンは彼女の願いに応えて共にここまで来てくれた。ブランシュもまた、彼の想いに応えるために行動に移すときがきたのだ。

ブランシュは震えそうになる己を奮い立たせ、強い視線で国王を見据えた。

「外遊から戻ったばかりで、この国のためにまだなんの貢献もできていない身ではありますが、ルシアン様のもとに、グランサム王国へ嫁ぐことをお許しいただけないでしょうか？」

ブランシュは父に向かって深く頭を下げた。

するとそれまで黙ってふたりのやり取りを見つめていた姉アデリーヌが口を開く。

「それはブランシュとしての願い？　それともオルシュの王族としての願いのどちらかしら？」

ブランシュは思いがけない問いに、慌てて顔を上げ、姉の顔を見つめる。

冷静な姉の表情に、ブランシュはこの問いが自分を試すものであることを確信する。

「どちらの願いも同じです。私がオルシュの王族としてグランサムに嫁ぐことは、この国のためになると確信しています。この外遊を通じて、私は海に囲まれたこの国に、新たな風を吹き込むことができるという可能性を感じました。そして、私個人としても、ルシアン様と結ばれることが幸福に繋がると信じています。どうか結婚をお許しいただけないでしょうか？」

ブランシュは強い願いを込めて姉を見据えた。

「もし、父上が許さないと言ったらどうしますか？」

「それは……とても、悲しいことです。すぐには許されなくとも、認めていただけるよう努力を……します」

反対されることは考えていたけれど、やはり許されないとなると、身を切られるようにつらい。

ブランシュは旅の記憶に思いを馳(は)せた。

「私は旅に出て、いろいろなことを知りました。他国へ行って初めて、この国のいいところ、足りていないところがわかったと思います。その中で偶然とはいえルシアン様と出会いました。彼がいなければ、生きて帰れなかったでしょう。許されないことだと知りながら、彼と人生を共にしたいと思ってしまいました。彼ともう会えないかもしれないと考えると、胸が引き裂かれるように痛みます。きっと彼を失って生きていくことは難しいでしょう」

ブランシュは顔を上げて、アデリーヌの目をしっかりと見つめた。

「ですが、私のことを愛してくださっている父上や母上、お姉様は私を不幸にするような選択はきっとしないと信じています」

ブランシュは決意をたたえた瞳で王座(おうざ)にいる父を見つめた。

「いい顔になったわね。あなたの覚悟が知りたかったの」

「お姉様……」

それまでずっと厳しい表情だったアデリーヌが、ほほ笑む。

そして母のエグランティーヌが柔和(にゅうわ)な表情で口を開いた。

「こちらへ、おいでなさい」

手招きされて、ブランシュは母の前にひざまずく。母は柔らかな手で娘の髪を撫でた。

「あなたは変わったわね」

「そうでしょうか？」

ブランシュは母の顔を見上げた。

「あなたはとても従順で、不安になるほど私たちの言うことを聞く子だった。だから、あなたが外遊に出たとき、なるべく自由にさせてあげてほしいと陛下に頼んだの」

「そう……だったんですね」

見上げた隣の父の顔は、いつも通り厳しく、王の威厳に溢れているように見えた。けれど、その瞳は慈愛に満ちている。

「シャルル、リオネルとグランサム王弟殿下を呼びなさい」

父の声に兄シャルルがうなずいて謁見室を出ていく。

ブランシュは姉や兄たちのうしろに控えた。

やがてリオネルとシャルルに先導されて、ルシアンが皆の前に現れた。

「そなたが、グランサムの王弟か」

「初めまして、国王陛下。フランシス・ルシアン・ラ・フォルジュと申します」

立て衿の白い軍服に身を包んだルシアンの姿は雄々しく、ブランシュはうっとりと彼を見つめた。

「ジャン＝ジャック・ロワイエ。ブランシュの父だ。そなたが我が娘の命を救ってくださったと聞いた。父として、礼を言う。本当に世話になった」

グランサム国王は、王ではなく父親としてルシアンに頭を下げた。

「礼を言っていただくようなことではありません。ブランシュが私の番だった、それだけです」

「それでも礼を言わせてほしい」

「私からも感謝申し上げます」

エグランティーヌもジャン＝ジャックの隣に並んで、ルシアンに頭を下げた。

「彼女を助けるために、私は彼女に番のキスをしました。ですから彼女の命の半分は私のものです。そして私の命の半分は彼女のものなのです。どうか私と彼女の結婚をお許しいただけませんか？」

ルシアンはブランシュを抱き寄せた。

「あなたが助けた命だ。番を引き裂くような愚かな真似はできません」

父の言葉にブランシュは目を瞠った。

「それでは……！」

「ブランシュ、たったいまからフランシス殿下はおまえの婚約者だ」

「ほ、本当に？」

思いがけない言葉に声が裏返ってしまう。

「我々が元々そなたの婚約者にと考えていたのは、グランサム国王の弟、フランシス殿下だったのだ。ロア公国のシリル殿下がそなたを嫁にほしいとずっと打診してきていたのだが、あの国ではそなたが幸せになれるとは思えなかった。だから周辺国でそなたと釣り合いの取れそうな方を探していたのだが、まさかこんなことになるとは……」

「そんな……」

ブランシュは呆然とルシアンを見つめた。彼も目を丸くしている。

こんな偶然があるのだろうか。

「う……そ……」

急速に視界が歪み、真っ黒な帳が下りてくる。

「ブランシュ!?」

ぐらりと傾いだ身体に、驚くほどの跳躍力でルシアンが駆け寄る。床に打ちつけられそうになった彼女の身体をすくい上げた。

「大丈夫か、しっかりしろ！」

ブランシュを抱き上げたルシアンは、その身体の熱さに顔をしかめる。確実に熱があった。

「ブランシュ？」

「どうしたの？」

「貧血か？」

ブランシュの窮状（きゅうじょう）に気づいた家族が、わらわらと彼女を取り囲み、ああでもない、こうでもないと言い合う。

「とりあえず、彼女を休ませられる部屋に」

ルシアンの言葉に、リオネルが弾かれたように動き出す。

「こちらへ」

ルシアンに抱き上げられたまま、ブランシュは運ばれる。いまだに身体に力は入らないし、目の前は紗（しゃ）がかかったように暗い。

ゆらゆらとルシアンの腕の中で揺られながら到着したのは、自室だった。

リオネルが扉を開けてくれたようだ。

「私は医師を呼んでくる！」

侍女のクロエが主人の姿に気づいて、慌てて駆け寄る。

「姫様！」

「謁見室で倒れたんだ」

「ベッドはこちらです」

ルシアンは足早に応接室を横切って、寝室に彼女を運んだ。大きな天蓋のついたベッドに彼女を横たえると、心配そうに頭を撫でる。

「大丈夫か？　どこか痛いところは？」

「だい……じょうぶ……です……」

そこへ医師のヤンを連れたリオネルが到着した。

「ヤン先生……」

「さあ、場所を空けておくれ」

白衣を着た老齢の医師は、ブランシュに近づいた。

長年王族の専属医師を務める彼は、皆の信頼が厚い。リオネルとクロエは、さっと道を空けた。

すぐそばに立っていたルシアンだけが、鋭い目つきで医師を見つめる。

「番のいる相手に危害を加えようなどとは思わないから、安心しなさい」

「……ブランシュを、頼む」

ルシアンは大きなため息を一つつくと、医師に場所を譲った。

「お久しぶりですな、ブランディーヌ様。ちょっと診させてもらいますよ」

「ヤン先生、……お久しぶりです」

「ああ、いいから。具合が悪いのですから、黙っていてください」

グラグラする頭ではろくに考えられそうもない。ブランシュはヤンの言葉に甘えて目をつぶった。

ヤンはブランシュの身体を診察して、あっさりと病名を告げる。

「まあ、過労ですな」

「過労……ですか？」

心当たりのなかったブランシュは首を傾げた。

番のキスを受けてからかなり体力がついていたし、グランサムからオルシュへ渡る船の中では十分に休んだつもりだ。

「どうやら寝不足だったようですし、貧血気味です。こちらは鉄剤を処方しておきます。あとは少し熱が高いですな。十分に睡眠をとって、食事をしてください。体力が回復すれば、熱も治まるでしょう」

「よかった……」

心配そうに眉間にしわを寄せていたルシアンの表情が、安堵に変わる。

「安心するのはまだ早い。問題は眠れていないことです。心当たりは、ありますな？」

「はい……」

ブランシュは血の気のない頬にわずかに血を上らせた。

「自覚があるならば、結構。姫様ならばきちんと解決できるはずですからな」

「はい、ありがたく存じます」

ブランシュはベッドの中で笑みを浮かべた。

「一番よいのは番がそばにいることですぞ？」

ヤンはいたずらっぽい笑みを浮かべて、ブランシュの寝室を出ていく。

恐ろしい表情でブランシュとヤンのやり取りを見守っていたルシアンが、彼女に詰め寄った。

「ブランシュ、どういうことだ？　眠れていなかったのならば、どうして教えてくれなかったのだ。昼間はなんども顔を合わせていただろう？　ああ、番の不調に気づけないなんて、やはり俺は番として失格だ……」

落ち込むルシアンに、ブランシュは何と声をかければいいのかわからない。

「あの……」

「リオネル様、姫様のお薬を取りに行っていただけないでしょうか？」

言いよどむブランシュの様子に気を利かせたクロエが、リオネルに席を外させる口実を与えてくれた。

「あ、ああ」

リオネルはちらちらとブランシュに視線を送っていたが、諦めてヤンの後を追った。

「あの、ルシアン？」

「なんだ？」

「あなたと離れ離れになるかもしれないと思って、私が勝手に不安になっていただけです。これからは、ずっと一緒でしょう？」

両親からは婚約を許されたのだ。グランサム王国の王にはまだ許可をもらっていないが、よほどのことが起こらない限り、これから人生を共に歩んでいけるだろう。

「ブランシュっ！」

ルシアンは感極まってブランシュに抱きついた。その温もりに、心が安らぐ。

「殿下っ、お控えください！」

そばに控えていたクロエが抗議の声を上げる。

「ああ、すまない」

　そう言いながらもルシアンは彼女を離す気配はない。

「姫様も、なんとかおっしゃってくださいまし」

「クロエ、ちょっとだけ目をつぶってもらえないかしら？」

　ルシアンの腕の中でブランシュはクロエにお願いする。

　クロエは大きなため息をついた。

「仕方ありませんね。少しだけですよ。いくら姫様と殿下が番でも、この城で不埒な真似は許しませんからね！」

　クロエはびしりと指をルシアンに突きつける。

「わかっている。いくら番が相手でも病人に盛ったりしない。早くブランシュが回復するようにできる限りのことをするだけだ」

　安心していいのか判断のつきかねる返事に、クロエはもう一度大きなため息を漏らした。

グランサムへ

幸いにして、ブランシュの体調は数日で回復した。

ルシアンがつきっきりで世話をした影響も大きかった。

それを見て、やはり番同士を引き離すのはよくないと、ロワイエ一家とグランサム国王のあいだで協議が行われたらしい。その結果、通常であれば一年は婚約の準備期間として設けられるところだが、半年に縮めることとなった。

さらにルシアンから、結婚までのあいだはオルシュではなくグランサムで花嫁修業をしてはどうかという提案があり、更なる話し合いが重ねられた。

結局ルシアンはブランシュから離れることなく、オルシュの宮廷で二か月も過ごしている。

本国からは戻れという催促が毎日のように届くが、ルシアンは番と離れる気はないと、ことごとく撥ねのけている。

「大丈夫なのですか？　お兄様のお仕事をお手伝いすべきではありませんか？」

恐る恐る尋ねたブランシュに、ルシアンはにっこりとほほ笑んだ。

「心配ない。それともブランシュはそんなに俺と離れたいのか？」

「いえ、まさか……」

ルシアンの笑みの裏に恐ろしいものを感じ、ブランシュは慌てて否定する。

「ですが私の所為でグランサム国王陛下にご迷惑をおかけするのは心苦しい……です」

「大丈夫。王位を継ぐのは兄の子だと決まっているし、俺はあまり大っぴらに動かない方が都合はいいんだ」

「そうであれば、いいのですが……」

心配そうにしているブランシュをなだめるように、ルシアンは彼女を抱きしめた。

そうしていつものように王宮の図書室のテラスでくつろいでいたところに、兄シャルルが現れた。

「またここにいたのですか……」

次期宰相と目されるシャルルは、グランサムとの外交を一手に引き受けている。

「また、グランサム国王陛下からお手紙が届いていますよ」

シャルルが封筒をルシアンに差し出す。

「どうも」

ルシアンは手紙を受け取ると、そのまま懐にしまう。

「まったく、あなたのおかげで予定がめちゃくちゃです。とりあえずはあなたが、ひとりで帰国してくださると、とても助かるのですが？」

シャルルは恨みがましい目でルシアンを睨んだ。

「俺がこの国を出るときはブランシュと一緒だ」

「シャルルお兄様、ごめんなさい」

ルシアンが一度帰国した方がいいことはわかっているのだが、彼が一緒にいてくれることを一番喜んでいるのはブランシュだった。

「ブランシュは気にしなくてもいいんですよ。これもまた私の試練でしょうから」

番であるルシアンがいなくなって一番不安定になるのはブランシュだ。妹のことを思うと、シャルルは強く出られない。

そして、ルシアンを追い返すのが難しくなっている理由は、もう一つあった。

「おーい、ルシアン。訓練に行こうぜ」

下の兄のリオネルが鎧を着て、図書室に面する庭に姿を現した。

「先に行っていてくれ。すぐに追いかける」

ルシアンは階下のリオネルに向かって叫ぶ。

「わかったー。すぐに来いよ？」

リオネルはあきれた様子で踵を返し、がしゃがしゃと鎧の音を立てながら訓練所の方に去っていった。

「じゃあ、少しだけ行ってくる」

「行ってらっしゃいませ」

ルシアンはブランシュの額にキスを落とした。軽い身のこなしで二階のテラスからひらりと身を翻して、庭に着地する。そしてブランシュに向かって手を振ると、嬉しそうに訓練所の方に駆けていった。

ルシアンは兵の訓練を担当するリオネルを手伝っている。獣人の中でも最上位に位置する彼の体術、剣術はどれも素晴らしく、リオネルは絶賛している。

最初は反目していたリオネルとルシアンだが、剣を交えてから仲良くなった。いまではこうしてルシアンを訓練に誘いに来るのが日課になっている。

「さて、あなたに話があったのです」

リオネルとルシアンを見送ると、シャルルがまじめな表情でブランシュに向き直る。

ブランシュもまた覚悟を決めて兄と向き合った。

「フランシス殿下がこちらに馴染んでくださったのは、喜ばしいことなのですが、そろそろ彼の王の願いを拒むのも限界です。ブランシュ、あなたと離れるのは非常に寂しいですが、彼と共にグランサムに渡りなさい」

「お兄様、よろしいのですか？」

「昨夜、会議でそろそろいいのではないかという結論に達しました。一週間後には迎えの船があちらから来ます。それに乗って行きなさい」

「一週間……ですか。ずいぶんと急ですね」

「あちらの国にもいろいろとあるのでしょう。ですが、あなたと彼の婚儀が四か月後というのは変わりません。こちらでしなければならない準備が前倒しになるのですから、忙しくなりますよ？」

「大丈夫です」

　ブランシュは胸を張って答えた。

「まあ、あまり気負わずに頑張りなさい」

「お兄様、ありがとうございます」

　ブランシュは感極まって思わずシャルルに抱きついた。

　シャルルもまた力強く彼女を抱きしめ返した。

「本当は、ずっとこの国にいてほしいのですが、そんなわけにもいかないですね。いずれあなたが国を離れることはわかっていたのに……これほど寂しいことだとは思いませんでした」

めったに感情を表さない兄が、ブランシュに本心を告げている。

本当に別れが近いのだと、彼女の胸に寂しさがこみ上げた。

「たとえ離れていても、この空は繋がっています。見上げれば、同じ空なのです」

「ああ……、そうですね」

ブランシュとシャルルは抱き合ったままオルシュの晴れた空を見上げた。

一週間後、ブランシュはオルシュからグランサムへ向かう船上にいた。

衣装合わせをしたり、荷造りをしたりと、目の回るような忙しさで、あっという間に時間が過ぎた。忙しくて、国を離れることを寂しく思う間もなかった。

そんな中、ヴァンがグランサムについていくと言い出し、大騒ぎとなった。

「私はオルシュの王ではなく、姫様を主(あるじ)と定(さだ)めております。外遊での失敗を挽回する機会を与えてくださるならば、どうか私をお連れください」

父や姉があっさり許可を出したので、ブランシュはヴァンをグランサムに移る人員に組み込んだ。

ルシアンは気に入らない様子だったけれど。

侍女のクロエもついてきてくれるというので、ブランシュはありがたくその申し出を受け入れた。ずっとそばにいてくれた彼女が一緒だというのは、とても心強い。

「もう、置き去りはごめんです」

クロエもブランシュが海に落ちたことを気にしているらしい。

バタバタした準備期間が終わって、ブランシュはようやく船の上でゆっくりと一息つくことができたのだった。

すでに船は離岸し、グランサムに向かって順調に進んでいる。

グランサム国王は王家所有の船を遣(つか)わせてくれた。王家所有とあってとても快適な船だ。

ブランシュが割り当てられたのは、一番大きな船室だった。クロエとグランサムから派遣された侍女たちはすぐに意気投合したようだ。いまはブランシュが持ち込んだ荷物の整理に追われていて、ここにはいない。

少しだけ休もうと、ブランシュはソファに腰を下ろした。

じっとしていると、故郷と家族が恋しくなって涙が滲(にじ)んだ。あと数か月もすればグランサムでの挙式に参加する家族に会えるというのに、国を出るというのはやはり感慨深いものがあった。

　コン、コン。

　窓の方から音がした気がして、ブランシュは窓に近づいた。

　太陽がゆっくりと水平線の向こうに沈もうとしている。

　そこにルシアンが現れて、ブランシュは慌てて窓を開けた。

「ルシアン!?」

「しいっ」

　唇の前に指を立てて静かにという仕草をされて、ブランシュは慌てて自分の口を押さえる。驚きすぎて涙が引っ込んでしまう。

　なんどか深呼吸をして気持ちを落ち着かせてから、静かに口を開く。

「どうしてここに？」

「なんだかおまえが泣いている気がして」

　ルシアンの手が伸びて、そっと頬を撫(な)でた。

　ブランシュはすぐに目を伏せたが、泣いていたせいで目が赤いのはわかったに違いない。

「どうして泣いていたんだ？」

「なんでも……ありません」

「なんでもないのに、泣く者などいない。本当のことを言ってごらん？」

「ルシアンにはかないませんね。しばらく家族に会えないのだと思うと……少し寂しかったのです。あなたがすぐそばにいるのに、わがままですよね」

ブランシュは笑おうとして失敗し、口元を歪めた。

「無理しなくてもいい。泣きたいときは泣けばいい。だけど……ああ、本当に……おまえがかわいくてたまらない。涙をこらえる顔がたまらないと思うのは惚れた欲目かな？」

「ルシアン……」

ルシアンはブランシュの顔中に口づけを降らせる。

額に、頬に、鼻先に……そして唇に。

するりと巻きつけられた彼の柔らかな尻尾の感触に安心する。

「すぐに会えるさ」

「そうですね……。それにあなたがそばにいるから、大丈夫ですね」

ブランシュは照れながらも彼を見上げた。

「ブランシュ、それは反則だぞ？」

ルシアンは困ったような顔で笑ったかと思うと、深い口づけを仕掛けてきた。

「ん……」

ぬるりとした舌が口内に入り込んで、彼女の舌を絡める。

触れ合った部分が熱くて、蕩けてしまいそうだ。舌を吸い上げられて、ジンと腰が重くなる。お腹の奥から生まれた痺れが全身に広がっていく。

「っふ、……あ、ん……」

ブランシュは甘い責め苦に立っていられなくなった。

崩れ落ちそうになったブランシュの身体を、ルシアンがすかさず抱き上げる。

「ルシアン、すき……」

「俺もおまえが……、ブランシュが、好きだ」

キスの合間に愛の言葉を交わす。

「好きだという言葉では、到底言い表せないほど、俺のすべてはおまえに惹かれてやまない。細胞の一つ一つが、髪の毛の先から、尻尾の先までおまえを求めている」

「私にも獣人の血が流れていればよかったのに。そうしたら、あなたの香りが、気持ちがわかるかもしれないのに……」

「おまえはそのままでいい。番の匂いがわからなくても、俺がわかっているからそれでいい。ありのままの、おまえがいい」

「ルシアン……」

ブランシュは彼のキスに溺れた。全身が蕩けて、頭もドロドロで何も考えられない。

「ブランシュ……」

ルシアンが彼女の耳朶をそっと食んだ。

「っふあ、や、そこ……だめぇ」

耳を甘噛みされると、ぞくぞくと背筋をなにかが駆け上がり、どうしようもなくなってしまう。

「ああ、いい匂いだ」

ルシアンは首筋に顔を埋めて、いっそう強くなった彼女の香気を嗅いだ。

ブランシュは涙目になりながら懇願する。

「そこも、やだぁ……」

首筋をぺろりと舐め上げられて、全身を苛む疼きはさらに強くなる。

「ふふ、知っている」

「あぁ、っやぁ……」

ブランシュはびくりと身体を硬直させた。ルシアンの手がスカートの上から、足のあいだに触れる。

「ビシャビシャだ、な」

意地の悪い彼の言葉に、ブランシュの目は羞恥の涙で滲む。

「だって……」

きっと下着の上からでも、そこが濡れているのはわかってしまっただろう。ドロドロにとけ、蜜をしたたらせているに違いない。

結婚を許され、オルシュで過ごしているあいだはほとんどふたりきりになる時間はなかった。

ようやく彼とふたりきりになったと思うだけで、身体の奥が熱くなる。

ブランシュは彼に顔を見られたくなくて、首元にしがみつく。

「本当にかわいい……」

ルシアンが感に堪えない様子でつぶやいた。

キスだけでこんなふうになってしまうのならば、彼に抱かれたらどうなるのか、想像がつかない。ブランシュは快楽の予兆におののいた。

「ずっとおまえを抱きたかった。おあずけは、おしまいでいいな?」

低くささやかれた誘惑に、ブランシュが逆らえるはずがない。ずっと彼に触れたいと思っていたのは彼女も同じだった。

「はい……。私にもあなたを感じさせてくれるのなら」

「本当に、それは反則、だぞ！」

ルシアンは首にしがみついていた彼女の顔をとらえ、なんども口づけを繰り返した。

ゆっくりと背中に触れていた彼の手つきが、乱暴で余裕のないものに変わる。

「っふぁ、あ、はあ」

胸の先をつままれて、びりびりと全身が痺れる。先端を捏ねるように胸をいじられて、ブランシュの息が上がる。

薄い布を一枚隔てているだけなのに、その愛撫がもどかしい。

「ああ、可愛く立ち上がってきたな。俺の番は本当に可愛い。このまま俺の腕の中に閉じ込めてしまいたい」

「脱がせて……ください。もっと、あなたを感じたい」

「ブランシュっ、おまえはどれだけ俺を翻弄すれば気が済むんだ？」

ルシアンは急いで自分の服を脱ぎ捨て、ベッドの下に蹴って落とした。そして今度は彼女のドレスを脱がせていく。

丁寧でありながら素早い手つきに、言い出したブランシュの方が驚く。

「ルシアンは脱がせるのが上手……ですね」

きっと多くの女性の服を脱がせたことがあるのだろうと思うと、ブランシュの胸はもやもやした。

「脱がせたいと思うのはおまえだけだ。他の誰もいらない。おまえさえいればいい」

ルシアンはあらわになった彼女の白い背に、赤い吸い痕を残した。

胸の奥がざわめくような感覚に、ブランシュは余計なことなど考えられなくなる。

「っ、ふ、あぁ……」

「おまえがいけない。俺を煽りすぎるとどうなるのか、その身をもって味わうがいい」

下着もあっという間に取り去って、今度は彼女の胸に吸いついた。

「ぁ、ああ！」

背中を吸われたときとは比べものにならない快楽が全身を駆け抜ける。

「んひいいっ！」

カリリと先端を軽く噛まれたかと思えば、強く吸いつかれ、わけがわからなくなる。

あまりに強い快楽に、ブランシュは彼に縋りついた。

ブランシュは彼の背に手を回し、熱い素肌に指を滑らせた。感触を確かめるように、ゆっくりと傷跡をなぞる。

シリルとの争いで負った傷はもうほとんど治っていて、目立たない。

彼が無事であることを確かめるように、ブランシュは彼の背に手を這わせた。

「今日は妙に積極的、だな？」

ルシアンの息は興奮して弾んでいた。

「だって、月が……」

窓の外に見える丸みを帯びた月は、まもなく満月を迎えるだろう。

番のキスの影響なのか、ブランシュは発情期の予兆を感じられるようになっていた。

そしていまもその兆しを感じ取り、身体の奥がざわめいている。

きっとルシアンはもっと強く感じているだろう。

「そうだな。すぐに満月だ」

ルシアンはぺろりと唇を湿らせた。

その様子はまさに獰猛な肉食獣が獲物を前に舌なめずりしているようだった。

硬く立ち上がった胸の頂を軽く噛まれ、電流が走る。

「ひぅ、っく、あ」

彼女は柔らかなルシアンの髪をかき乱し、わなないた。

ルシアンの手が足のあいだに伸びる。くちゅりと淫らな水音を立てて、彼の指がブランシュの内部に入り込んだ。

「……ぁあ、ん」

内部を押し広げられる感覚に、ブランシュは大きく目を見開いた。彼に抱かれるのは久しぶりだというのに、その場所は蜜に溢れ、彼の訪れを待ち望んで柔らかくほころんでいた。

「かわいい……。おまえの肌は甘くて、舐めるともっと甘い香りが立ち上ってくる。いつまでも舐めていたくなる」

「つや、まっ……て」

ゆるゆると内部を探られながら、胸の先を口の中で転がされて、ブランシュのつま先が張り詰める。すぐにも極まってしまいそうだった。

「イきそうなのか？」

そう問われて、ブランシュは涙目でうなずいた。

「わたしだけ気持ちいいのは嫌です。あなたと、ルシアンと一緒が……、いい」

「ああ、もうっ！」

ルシアンは身体を起こし、彼女の中から指を引き抜いた。

「今日のおまえはかわいすぎる」

彼は目のふちを赤く染めながら、ブランシュの膝を押し開き、腰を押しつける。

彼の硬さと熱を感じて、彼女は身体を震わせた。

ルシアンは蜜の溢れる秘所に切っ先を宛がい、先端をわずかに彼女の中へ沈める。

「っ……」

ぬぷりと熱い杭が入り口を侵した。

熱く硬いもので貫かれる予感に、ブランシュはきつく目をつぶった。その先にある快楽を予見して、彼女の奥からとろとろと蜜が溢れる。

けれど、剛直は入り口でゆるゆると動くばかりで、なかなか先へ進もうとしない。ルシアンは楔の先端に蜜を塗りこめるように、緩慢に動いた。

寄せられた眉根に、彼も快楽をこらえているのだと察する。

焦らすような腰の動きに、耐えられなくなったのはブランシュの方が先だった。

「どう……して……ぇ？」

「もっとほぐさないと……おまえを傷つけてしまう」

「意地悪、しないでっ」

ブランシュの目に涙が滲む。

「早く俺が、欲しい？」

耳元で低くささやかれ、鼓動が高まる。

けれどルシアンには、まだ余裕がありそうだ。

ブランシュは彼の意地悪に仕返しをしたくなる。わざと笑みを浮かべて、彼を誘惑するようにささやいた。

「ルシアンを……、ちょうだい？」

「いい子だ」

彼の大きな手がブランシュの頬に伸びて、ごつごつとした指がそっと頬を撫でた。

「もう余裕がない……。あとでゆっくりと時間をかけて愛させてほしい。いまはたっぷりと、俺におまえを味わわせてくれ」

ルシアンはそう言うと、ぐっと腰を動かし一気に彼女の最奥へ突き進んだ。

「ひぅ……っ」

ひと際強い快楽にブランシュは背中をのけぞらせた。

目の前がちかちかと明滅し、白く染まる。

白く艶めかしい裸身が、ルシアンの腕の中で乱れる。淫らで美しい光景に、ルシアンは喉を鳴らした。

「ああーーッ」

喉の奥から甲高い声を漏らしながら、ブランシュはびくびくと身体を震わせる。

彼女の震えがおさまるのをじっと待っていたルシアンが、そっと髪を撫でた。

「入れただけで、イったのか?」

「……っ」

意地の悪い彼の問いに、ブランシュはわずかにうなずくのが精いっぱいだ。

ルシアンがゆっくりと腰を引いて、再び奥へと突き入れる。

「ん、るし、あ、あ、ん、ま……って」

気持ちがよすぎて、頭がおかしくなる。

「すまない。俺も気持ちよくて、止められない」

ルシアンは腰を律動させながら、キスを仕掛けてくる。口の奥深くに入り込んで、くちゅくちゅと舌を絡めてすすりあげる。互いの唾液が混ざり合って、どちらのものかわからなくなるまでキスは続いた。

「んー、ぅん、っは、あ」

深い口づけに息を奪われながら、なんども腰を打ちつけられて、ブランシュの意識はどろどろに蕩けていく。

すべてを彼に支配されて、指先一つ、舌先の動き一つで、ブランシュはどこまでも彼の思うまま翻弄される。

自分が制御できないことは少し怖い。けれどそれ以上に、すべてをルシアンに委ね、支配される快感にブランシュは酔った。

「とろとろ、だ。ほら、ここに噛みつくと」

ルシアンが彼女の首筋に牙を立てる。わずかに血が滲むほど噛みついた。

「おまえのなかが、きゅ、っと締まる」

ブランシュは、ルシアンがなにを言っているのかもうよくわからない。ただ、恥ずかしくなるようなことを言われているということだけはわかる。

「はずかしっ……すぎるから、言っちゃ、やだ」

ブランシュは両手で顔を覆った。

「だめだ。ちゃんとかわいい顔を見せてくれなければ。どろどろになって、俺のことしか考えられない、感じられなくなっているおまえを、ちゃんと、見せてくれ」

「むり……っ。とっくにあなたのことしか、考えられないのにっ」

顔を覆っていた手を外されて、ブランシュは涙が浮かんだ目でルシアンを見つめる。

アイスブルーの瞳には彼女が恋しい、愛しいという想いが溢れている。長い銀色のまつ毛が彼の頬に影を落としていた。

「すき」

こみ上げる愛しさが口をついて出た。

「俺もおまえが大好きだよ、ブランシュ」

彼の顔が近づいてきて、唇を塞がれる。

唾液を口移しで注ぎ込まれて、そのまま口づけが深まった。呑み切れなかった唾液が、口の端から流れ、顎を伝った。

「もう、……っ限界だっ！」

がつがつとルシアンの腰の動きが速まる。

そのたびにブランシュは全身をわななかせる。身体は弾けそうなくらい張り詰めていくが、反対に頭の中はとろとろとどこまでも蕩けていく。

「あ、ルシアン、っも、あ……、あァ」

「ブランシュ、ブランシュっ」

ルシアンが切羽詰まった声を上げ、強く腰を打ちつける。

その動きが引き金となって、ブランシュの意識が一瞬飛んだ。

「――――っ」

「っぐ……」

ルシアンは低くうめいて、動きを止めた。

身体の奥にじわりと広がる熱に、ブランシュの意識はさらに押し上げられる。

「っひ、あ、ああ、あ……っ」

ブランシュの頭の中が真っ白になる。

彼の楔が根元で膨らみ、完全に白濁を注ぎ終わるまでそれは抜けない。

「っは、ブランシュ、かわいい」

どくどくと欲望を最奥に注ぎ込みながらも、ルシアンはブランシュの顔にキスの雨を降らせる。

「このままとけ合って、おまえとひとつになれたら、いいのに……」

ばくばくとうるさい心臓の音だけが、頭に響く。

ルシアンがなんと言っているのか、よく聞こえない。

けれど毎晩こんな風に抱き合って、彼の腕の中で眠れたら、とても幸せだろう。ブランシュはうっとりと彼の腕の中でまどろんだ。

やがてルシアンが大きく息を吐いて、ぶるりと身体を震わせた。すると、内部を押し広げていた楔の圧迫感が治まっていく。

ブランシュも、ほうと息を吐いた。

ふと顔を上げると、愛しげに見下ろすルシアンと目が合った。

「約束通り、次は時間をかけて愛させてくれ」

「ルシアン……」

彼はにっこりと満面の笑みを浮かべている。

ブランシュのなかでは再び彼の欲望が芯を持ち始めていた。それはあっという間にむくむくと頭をもたげ、彼女の内側を押し開いていく。

ブランシュはその熱さに悩ましげな吐息をひとつこぼした。

「どうかお手柔らかに、……お願いします」

「善処する……と言いたいところだが、難しいな」

いくら番のキスで体力が増しているとはいえ、彼の無尽蔵とも思える精力についていける自信がない。ブランシュの顔は、ひきつった。

「ふふ」

ルシアンは意味ありげに含み笑いをして、彼女の唇に噛みつくようなキスをする。

「っはあ、ん……！」

激しい口づけに息を奪われる。ブランシュの意識が一瞬遠のく。

ルシアンは口づけたままブランシュの腰に手を回し、身体を持ち上げたかと思うと、獣人の恐るべき膂力で彼の上に座らせた。

ブランシュの体重が繋がった場所に集中し、いままでになく深く突かれる。

「んあああぁっ！」

飛びかけていた彼女の意識は一気に引き戻され、快楽に意識を塗り替えられた。

「ブランシュ……っ！」

吐息交じりに耳元でささやかれ、ブランシュは意図せず剛直を締めつけてしまう。

「ほら、腰を揺すって？　自分で気持ちいい場所を見つけてごらん？　もっと気持ちよくなれる」

「そんなの……むりぃ……」

いまでさえおかしくなりそうなのに、ブランシュにはこれ以上の快楽など想像がつかない。

首を振る彼女に、ルシアンが腰を揺らして催促する。

「つふあ、や、揺らしちゃ、やだぁ」

「俺がするのと、自分で腰を振るの、どっちがいい？」

「……っ」

ルシアンに選択を突きつけられて、ブランシュは羞恥（しゅうち）に息を呑む。

（そんなの、どっちも選べるはずがないのにっ！）

けれど彼は彼女の優柔不断を許してはくれなかった。

「ほら、この体勢だと俺はあまり動けない。おまえが協力してくれなければ、ずっとこのままになってしまうぞ？」

意地悪く光る瞳にブランシュは降伏の旗を上げるしかない。

「わかった、から……、ちょっとだけ、待って」

楽しげな彼の目に、見られていることを嫌というほど感じる。

ブランシュは羞恥(しゅうち)に頬を染めながら、膝を立てて腰をゆるりと動かした。

途端に全身を走った快楽に、ブランシュは雷に打たれたように硬直する。

「まっ……て、これ……っ、おかし……く、なる」

本能のままに腰を振って、彼に嫌われるのが怖い。ブランシュは本能とわずかに残った理性の狭間(はざま)で葛藤(かっとう)する。

ブランシュの恐怖を感じ取ったルシアンはなだめるように彼女の唇にキスを落とした。

「おかしくなればいい。俺におまえのすべてを見せてくれ。誰にも見せたことのないおまえが見たいんだ。その権利を俺にくれるだろう？」

彼の目はなにもかも受け入れると言うように優しく細められていた。その視線に勇気づけられて、ブランシュはもう一度腰を動かす。

「ああ……、そうだ」

ブランシュは一旦動き始めると、脳髄を焼くような快楽に律動が止まらなくなる。繋がった部分から溢れた精と蜜が混じりあい、じゅぶじゅぶと泡立った。

「っふ、あ、あぁ、だめ、とまらないの……」

勝手に媚肉が蠢いて、彼に絡みつく。ひくりと剛直を締めつけるたびに、腰の奥底に熱がとめどなく生まれ、焦燥が募る。

「ああ……すごい。おまえの中が吸いついてくる」

「そんなこと、いっちゃ、や……だ」

恥ずかしいのに、気持ちがよすぎて止まらない。自分の身体が自分のものではないかのように、勝手に動いてしまう。

ブランシュは自分の身体の反応が信じられなかった。こんなにも自制できなくなったのは初めてだった。

「や、あ……止まらないの……」

心細くなって彼に向かって手を伸ばすと、ルシアンが気づいて手を差し出し、指を絡めてくる。

「恥じらうおまえも可愛いが、淫らに啼くおまえはたとえようもなく美しい。もっといろんなおまえを見せてくれるのだろう？」

「ん……」

ブランシュはこくりとうなずく。

彼がしっかりと自分を見ていることに安心して、ブランシュは再び腰を動かすことに集中する。

けれど、快楽にとけた身体はなかなか言うことをきかない。

きちんと彼にも気持ちよくなってほしいのに、上手くできない自分に苛立(いらだ)ちが募(つの)る。

「でき……ないっ。ルシアン、たす……けて」

「番(つがい)の仰(おお)せのままに」

ルシアンはニヤリと笑うと、そろりと彼女の腰を揺すった。

「ふあ、あ、や、きもち……いい」

「感じているときのおまえの声は蜂蜜(はちみつ)のように甘い。もっと聞かせてくれ」

ルシアンはゆるゆると腰を動かし、彼女をゆったりと突き上げた。

「ああっ、んん……」

捏(こ)ねるような腰の動きに、声が抑えられない。

湧き上がる快楽には果てがなく、これ以上はないと思った次の瞬間には更なる刺激が与えられ、予想を裏切られる。

強すぎる快感を振り払うようにふるふると首を振った彼女の目から涙のしずくが飛び散った。

「や、も、くるしっ……」

過ぎた快楽には終わりが見えず、ブランシュを苛む。

「苦しいだけではないはずだ。気持ちいいのだろう？　もっと、欲しいっておねだりしてごらん？」

悪いオオカミが彼女を誘惑する。ふさふさの尻尾が背中を撫で上げた。

愛しい番の誘いに逆らえるはずもなく、ブランシュはあっさりと陥落する。

「意地悪しないでっ……、ちゃんと、ルシアンが……っ、欲しいの！」

「ブランシュっ……!!」

向かい合った彼のアイスブルーの目から、先ほどまで垣間見えていた余裕は失われていた。

「時間を、かけて愛したいのに、これではっ……おまえを十分に愛してやれないっ」

甘やかな苦しみに、ルシアンの顔が歪む。いきなり腰の動きが激しさを増した。

「そんなっ……つもりじゃ、あ、ああっ！」

下から強く突き上げられたブランシュの口から嬌声がこぼれ落ちる。

先ほどこの体勢ではあまり動けないと言ったのが嘘のように、彼女の腕をつかみ、身体を引き寄せながら激しく腰を打ちつけてくる。

ルシアンが腰を律動させるたびに、恐ろしいほどの快楽が生まれ、背筋を駆け抜ける。

ブランシュはなす術もなく、打ち震えた。

「ああーっ、ああ、やあーっ……！」

「ブランシュっ、おまえほど愛しい者は、知らないっ！」

ルシアンはブランシュの耳朶をやんわりと食みながら、彼女を突き上げる。

「ひうっ、だめ、あ、や、ぅんー、イっ……ちゃ、う！」

「なんどでもイけ」

「だめぇ……あ、ああアーっ！」

彼のささやきを引き金にしてブランシュの身体は極まった。がくがくと身体を痙攣させ、ルシアンの楔を締めつける。

「っ……は」

びゅくびゅくと白濁がブランシュの最奥に注がれた。

「や、イって、る……のにっ。ふぁ、あああぁ……！」

脳髄を焼くような強烈な快感が駆け抜ける。子宮の奥に叩きつけられる脈動を感じながら、ブランシュはあえかな声を上げた。

「ああ……、すごい。俺の、全部を呑み込んで」

ルシアンの上ずった声を聞きながら、ブランシュは限界を訴える。

「ん、んっ、も、いっぱい」

ブランシュはぐったりと彼の胸に身体を預け、目を閉じた。

「俺のこの二か月の我慢が、こんなに早く治まると思うか？　ようやくお前に触れられるのに、これくらいで済むはずがないだろう？」

意地悪く耳元でささやかれ、ブランシュは慌てて目を開く。

見上げたアイスブルーの瞳はぎらぎらと底光りしていた。

「うそっ……！」

「嘘だと思うか？」

興奮に深い青に染まった瞳で見つめられて、ブランシュの胸が高鳴る。

「もう、むりなのに……」

「もっとお前の身体の隅々まで俺の匂いをつけないと、満足できない。俺の匂いで満たして、染め上げたい。俺のものだと、一目でわかるように、ひと嗅ぎでわかるようにしないと、不安でおまえを連れて帰れないっ！」

そう叫んだルシアンは繋がったままブランシュを組み敷いた。

「ひぁ……あ、あ！」

大胆に体位を変えられて、ブランシュはただあえぐことしかできない。

息を奪う深い口づけにくらくらとしながら、最奥を揺すられて弾ける。

「ん、あぁ、ふ……あ！」

「オルシュにいるあいだ、ずっとおまえを抱きたくて仕方なかった。頭の中でなんどおまえを犯(おか)したのか、思い知らせてやりたい」

甘いささやきにブランシュはめまいを感じて、ふっと意識が遠のく。

「あ、あ、だめぇ……」

「もっと、俺を欲しがって。俺のっ、番(つがい)」

「るしあん……、わたしのいとしい……つがい」

遠のく意識の中で、ブランシュはどうにか彼に愛をささやく。

「おまえは俺の唯一、俺の命、俺の光だ。どうかそれを忘れないでくれっ！」

ルシアンの動きは激しさを増す。

狂乱のひとときはまだまだ終わりそうになかった。

たっぷりと彼に抱かれ、案の定腰が立たなくなったブランシュは、ルシアンの手を借りて風呂を使った。

「本当は朝まで一緒に過ごしたいんだが……」

「本当にもうむり。眠い……の」

風呂から出ると、ルシアンは鏡の前に座ったブランシュの髪を甲斐甲斐しく乾かしてくれる。

「疲れているのに、無理をさせてすまない」

「いいえ、私もあなたが欲しかったから……」

「そうか」

鏡の中でにっこりと笑ったルシアンと目が合う。

ふと、ルシアンはなにかを思い出したかのようにはっとして、脱ぎ捨てた服から小さな物を取り出した。

「そういえば、これを返そうと思っていた」

広げられた彼の手のひらには、銀色の牙の首飾りが載っている。

「これは……砂漠で」

マートンでルシアンに買ってもらった銀の首飾りだった。シリルにさらわれたとき、少しでも手掛かりになればと思って、休憩した場所に残してきたはずのものだった。

とても嫌だったが、あのときは身につけていたものがこれしかなくて泣く泣く手放したのだ。

「おまえの匂いがして、すぐにわかった。あのときは砂に埋まっていた服や、この首飾りのおかげでおまえを見つけられたんだ。すごく助かったよ。直しに出していたのだが、やっと返ってきた」

ルシアンが再び彼女に首飾りをつけてくれる。

すっかり馴染(なじ)んでいた首飾りの重みが戻ったことに、ブランシュは嬉しくて自然と笑みがこぼれた。

「さあ、休もうか」

抱き上げられて再びベッドへ戻ったブランシュは、シーツがすっかり綺麗に整えられていることに気づく。

嫌な予感にブランシュは青ざめた。

「ベッドが綺麗になっているのは、どうして？」

「もちろん、風呂に入っているあいだに替えてもらった」

「やだもう。恥ずかしくて消えてしまいたい……」

ルシアンと抱き合ったことが侍女たちに筒抜けになっているということだ。ブランシュは、羞恥に身もだえた。

「侍女たちはグランサムの王宮から派遣してもらっているんだ。すべて心得ているから心配ない。クロエだってわかっているさ」

いくら侍女の手を借りることや、世話を受けることに慣れているとはいえ、性生活まですべて知られるのは恥ずかしすぎる。

道理で主人の気配に敏いはずの侍女たちが、物音を聞きつけても姿を見せないはずだ。

ルシアンと結婚すれば、こんなことが日常になっていくのだろう。

「そんなに恥ずかしがることはないだろう？」

「そう言われても、恥ずかしいものは恥ずかしいんです」

ブランシュは抗議することを諦め、力なくベッドに横たわった。

「すぐに慣れる。発情期になったら恥ずかしいと言っている暇などなくなるはずだ」

「そんな！」

ブランシュは目を瞠る。

「この二か月、発情期はかなり我慢したんだ。次は我慢しなくていいな？」

「あの、できれば少しは手加減して……ほしいです」

愛されるのは嬉しいが、彼の体力についていける自信はブランシュにはなかった。

力なく笑うブランシュに、ルシアンは意地の悪い笑みを浮かべている。

「まあ、難しいが努力しよう。さあ、おいで」

ブランシュは手を広げて待つ彼の腕の中に納まった。

ルシアンに抱きしめられると、すぐに眠気がとろとろと押し寄せる。

「ブランシュ？」

彼の腕の中でまどろみながら、彼が名前を呼んでくれることが嬉しくてブランシュは笑みを浮かべた。

「ほんとうに、かわいい。俺の子猫。愛しているよ」

ルシアンが彼女の額（ひたい）に口づけを落とす。

「私も愛して……ます」

ふたりの唇がゆっくりと重なる。

抱き合うふたりを月の光が祝福するように照らしていた。

書き下ろし番外編

マーキング

グランサムに到着するまで、あと一、二日というところに迫った船内。

ずっと天気もよく順調に進んでいたが、ここにきてパラパラと雨がちらつき始めていた。

嵐が迫っているため、最寄りの港に避難したいという船長の伝言をヴァンから受けて、ルシアンはブランシュを伴い、操舵室へと足を向けた。

扉を開けると、船長と航海士が真剣な表情で海図を見つめている。

「船長、嵐になるのか？」

船長はルシアンの姿を認めると、帽子を取って胸に当てた。

「殿下。足を運んでいただき恐れ入ります。西からの風もだんだんと強くなっていますし、この気圧の下がり方ではかなりの大きな嵐になるでしょう。いくらこの船が最新型とはいえ、足はそこまで早くありません。本国に到着する前に追いつかれてしまいます」

ルシアンはうなずいて了承する。

「そうか。ならば、近くの港に避難するしかあるまいな」

「はい。ここからですと、この船が入れる一番近い港はサーク島ですね」

王家所有のこの船はかなり船体が大きく、喫水も深めであるために、入れる港はおのずと限られてくる。

ブランシュはグランサムについてこの数か月猛勉強をしてきたおかげで、サーク島という地名には聞き覚えがあった。

グランサムの南に位置し、一日もあれば歩いて一周できてしまうほどの大きさしかない小さな島である。風光明美な土地で、観光地としても有名なため、寄港する船も多い。

「それでいい。船長、よろしく頼む」

「承知いたしました」

オオカミ獣人である船長が恭しくうなずいた。

船長との話を終えたルシアンが、ブランシュに向き直る。

「そういうわけで、ブランシュ。申し訳ないがアリントンに着くのは少々遅れそうだ」

「天候ばかりはどうにもなりません。みなの安全のためですから、ルシアンが謝ることではありませんよ？」

振り返ったルシアンに、ブランシュはほほ笑んでみせた。

そんなわけで、ブランシュたちを乗せた船は、サーク島へと進路を変えた。


「ようこそ、サーク島へ」

港には領主がルシアンを出迎えに来ていた。

黒い毛並みを持つオオカミの獣人である領主は、爽やかな笑みを浮かべている。

「サーク卿か」

「はい。港から王家の船が見えましたので、きっと殿下だと思い参りました。今日はいくつかの船が嵐を避けて、島に避難しております。そのため島の宿はあいにくといっぱいですが、妻にもてなしの準備を命じてあります。どうか嵐が過ぎ去るまで、我が家に滞在くださいませ。随行の皆様もご一緒に」

「急な来訪にもかかわらず、歓迎してくれるとはありがたい。こちらは我が番のブランディーヌ・ロワイエ。オルシュの王女だ」

「これは、わざわざご紹介いただき恐悦至極にございます。殿下が積年の悲願である番を得られたことは、聞き及んでおります。お慶び申し上げます」

「ああ、ありがとう」

ルシアンは言祝ぎを嬉しそうに受け入れる。

領主はブランディーヌに顔を向けた。

「ブランディーヌ王女様、私はサーク島の領主を務めております。ドミニク・ルクレールと申します」

三十代くらいであろう領主ドミニクは、興味深げに耳をぴんとたててブランシュを見下ろしていた。

「お世話になります」

「いえいえ。殿下と王女殿下をお迎えできるなど、光栄なことでございます。ただ、やんちゃ盛りの息子がふたりおりますので、少々騒がしいこともあるかと存じますが、ご容赦いただければ幸いです」

サーク卿は頭を下げた。

「いえ、急に押しかけてきたのに、寝場所を用意してくださるだけでもありがたいことです。感謝いたします」

「いえいえ。あまりぐずぐずしていますと、雨に降られそうです。風も強くなってまいりましたので、まずは館に急ぎましょう」

見上げた空には暗雲が立ちこめ、いまにも雨が降り出しそうだ。風には雨の匂いが混ざり始めている。

「はい。お願いします」

ルシアンの手を取って、ブランシュは歩き始めた。

小さな島なので、馬車に乗るほどでもない。一行は歩いて領主の館に向かった。

美しく整えられた石垣や一体感のある家屋の意匠に目を奪われながら、ブランシュは足を進めた。

小さいながらも手入れの行き届いた庭の奥には小ぢんまりとした平屋の家が立ち並んでいる。街並みを抜けると、数分もしないうちに丘の上に領主の館が見えてきた。

館の前にはふたりの男の子の姿があった。一行の姿を認めると弾丸のように駆け出す。

「父上～！」

五歳くらいの男の子が、猛スピードでサーク卿に近づいた。

「とうたま～！」

その男の子のあとを追って、三歳くらいの男の子がおぼつかない足取りで駆け寄った。

「アンリ、ユーグ！　お客様の前だぞ！　挨拶をするという約束はどうした？」

勢いよく抱きついた子供たちを抱き留めて、サーク卿は叱った。

父親そっくりの子供たちの小さな耳がぴょこぴょこと動き、尻尾が機嫌よくブンブンと揺れる様子を、ブランシュはほほえましく見守った。

隣ではルシアンが鋭い目つきで子供たちを見つめている。

ブランシュはなんとなく彼の様子に違和感を覚えたが、子供たちに声をかけられて、すぐに忘れ去った。

「初めまして。フランシス殿下、ブ、ブランディーヌ王女。私はサーク卿ドミニクが息子、アンリです」

「ゆーぐ、でしゅ！」

挨拶を終えた子供たちは、誇らしげに胸を張っている。

ほほえましさに、ブランシュの頬が緩む。

「立派なご挨拶をありがとう。どうぞブランシュと呼んでくださいね」

ブランシュはしゃがんでアンリとユーグの視線に合わせ、ほほ笑んだ。

もじもじと頬を赤く染めるふたりに、ルシアンが声をかける。

「アンリ、ユーグ。俺たちを案内してもらえるか？」

「はいっ！」

「あいっ！」

元気よく返事を返したアンリとユーグに先導され、ブランシュとルシアンは領主の館に入った。

すぐに姿を現した領主夫人は、真っ白な毛並みのオオカミの獣人であった。

「大したもてなしもできませんが、精一杯務めさせていただきます。まずはお部屋でゆっくりとおくつろぎいただければと存じます」

「世話になります」

ブランシュとルシアンには、それぞれに隣り合う客室があてがわれた。

侍女のクロエはさっそくブランシュのために部屋を整え始める。雨で少し濡れてしまった服を着替えると、ブランシュはようやく一息つくことができた。

「姫様、お茶が入りました」

「ありがとう」

クロエに進められて窓際の席に腰を下ろす。

窓の外では本格的に雨が降り出していた。強くなってきた風が木々を大きく揺らしている。

館(やかた)は頑丈な石造りで、強風にもびくともしない。外遊中にこれほどの嵐に遭遇しなかったのは、本当に幸いだったのだと、いまさらながら安堵する。

お茶で口を潤(うるお)していると、夕食の準備が整ったという知らせが届いた。

ブランシュが廊下に出ると、ちょうど隣の部屋からルシアンが出てきたところだった。

ルシアンは彼女の姿を目にした途端に笑顔になり、素早い身のこなしで近づく。

「ブランシュ、着替えたんだな。素敵だ」

向けられた甘い視線に、ブランシュは胸の辺りがくすぐったくなる。

「ルシアンも素敵です」

ぱりっとした軍服は、引き締まった彼の体躯によく似合っている。

ルシアンは何も言わなかったが、ぶんぶんと触れる尻尾が機嫌のよさを物語っていた。

甘い空気を醸し出すふたりを、ヴァンとクロエは温かな目で見守る。

そんな従者と侍女の様子に気づくことなく、ブランシュは差し出されたルシアンの手をとって、食堂に向かった。

食堂には領主夫妻がすでにそろっていた。

非公式とはいえ王族の訪問だ。領主夫妻はかっちりとした正装をしていた。彼らの息子たちはまだ王族の前で食事ができるほどのマナーを身につけていないということで、領主夫妻だけの参加となった。

ブランシュたちが席に着くと夕食が始まる。

島ならではの珍しい食材が使われた料理が次々と運ばれてくる。領主秘蔵の酒が振る舞われ、口の軽くなった食卓では話が弾んだ。

　領主の精一杯のもてなしの気持ちが込められた夕食は、非常に美味しかった。

「素晴らしいもてなしに感謝いたします」

「お口に合ったようで、何よりです」

　ブランシュの褒め言葉に、ドミニクの顔は誇らしげに輝く。

「ルシアン殿下、カードはいかがですか？」

　ドミニクの誘いにルシアンは鷹揚にうなずいた。

「よいな」

　夕食会のあと、男性と女性に分かれて過ごすのがグランサムでは一般的で、男性はチェスやカードゲームなどのテーブルゲームに興ずることが多い。

「では、ブランディーヌ殿下は私と食後の飲み物でもいかがでしょうか？」

「はい」

　ルシアンはドミニクと共に応接室へ移動し、ブランシュはレオニーとこのまま食堂に残ることになった。

　レオニーが用意したのはハーブティーだった。

「庭で育てておりますの。お口に合えばよいのですが」

さっぱりとしたハーブティーは、食後の口直しにちょうどよかった。

ブランシュがくつろいでいると、騒々しく扉が開き、アンリとユーグが飛び込んできた。

「アンリ！　ユーグ！　お部屋で遊ぶようにと言ったはずですよ！」

母親に抱きつくふたりを、レオニーが叱りつける。

「私は構いません」

「まあ……、申し訳ございません」

ブランシュの許可を得たアンリとユーグは、遠慮がちに近づいてきた。

「ブ、ブランディーヌ王女、ありがとうございます」

「ブランシュで構いませんよ？」

名前を言いにくそうにしているアンリに、ブランシュは助け舟を出す。

「はい。ブランシュ殿下」

アンリは顔を赤く染めながら、嬉しそうに彼女の名前を呼んだ。

「ぶらんしゅでんか？」

「はい」

舌足らずなユーグが絵本を持って近づく。

「ごほん、よんでくれゆ？」

「はい、いいですよ？」

あまり小さな子供と触れ合ったことのないブランシュは、どう接すればいいのかよくわからないが、もともと子供は好きだったので快く引き受ける。

ユーグは絵本を持ったまま、ちょこんとブランシュの膝の上に納まった。

予想のつかない子供の行動に、ブランシュは目を瞠った。

「ユーグ、降りなさい！」

顔色を変えたレオニーが叫ぶが、ブランシュは気にしていなかった。

「レオニー、構いません。この本を読めばいいのかしら？」

「うん」

膝の上のユーグはもはや絵本を開いて、読んでもらう気満々だ。

「むかしむかしのお話。あるところに……」

ブランシュが絵本を読み始めると、アンリがうらやましそうにこちらを見ている。ブランシュがそっと手招きをすると、嬉しそうに駆け寄って隣に腰を下ろす。

レオニーは咎めることを諦めたのか、もうなにも言わずにそっと控えた。

クマとウサギが冒険をしながら仲良くなる話を、ブランシュは登場人物になりきって読み上げる。

「……こうしてふたりは、一緒になかよく暮らしました。おしまい」

「もっとよんで！」

唐突にルシアンの声が頭上から降ってきた。

「すまないが、これからは俺との時間なんだ」

ルシアンは膝の上のユーグをひょいと抱き上げて、ドミニクに手渡す。

「あーん、やーだ」

「ユーグ、ダメよ」

レオニーが叱ると、ユーグは泣き始めた。

ルシアンはブランシュの手を引いて、彼女を立ち上がらせる。

彼女の隣に座っていたアンリは涙目でこちらを見つめていた。

レオニーは申し訳なさそうな表情を浮かべ、ブランシュを見つめていた。

混沌（こんとん）とした状況に、ブランシュはどうしていいかわからず、ルシアンを見上げた。

「そろそろ休む。朝まで邪魔立ては無用に願う」

ルシアンはこの状況などお構いなしに、彼女の手を引いて部屋を出た。

「ちょっと、ルシアン？」

ほとんど挨拶（あいさつ）もなく領主夫妻を置き去りにしたルシアンを、ブランシュは訝（いぶか）しく思った。この領主の館へ着いたときから感じていた違和感がどんどん大きくなる。

ブランシュの部屋を警護していたヴァンを無視して、ブランシュの部屋の前をあっさりと通り過ぎる。ルシアンは荒々しく自分の部屋の扉を開け、ブランシュを引きずり込んだ。

扉の向こう側でヴァンが抗議の声を上げる。

「ルシアン様！」

「邪魔をするな！」

ルシアンは扉越しにヴァンに向かって声を張り上げた。

そしてすぐさま強く彼女を抱きしめた。

「あ、あの、ルシアン？」

ルシアンは彼女の首筋に鼻先を埋めると、くんくんと匂いを嗅ぎ始めた。

「他のオスの匂いがする」

ルシアンが低くうなる。

「他のオスって、ユーグとアンリぐらいしか……」

「他のオスの匂いが番からするのは、気に入らない」

「ふたりとも子供でっ……」

彼は戸惑うブランシュの唇を強引に塞いだ。アイスブルーの瞳にはぎらぎらと嫉妬の炎が宿っている。

「ん……う」

深い口づけにブランシュの息が上がる。

彼の手がブランシュの背をかき抱く。

「ルシアンっ……」

「おまえにはわからないことなのだとわかっていても、腹が立つものだな」

「なにがっ、そんなに、気に入らないの」

ブランシュには彼がこれほど苛立つ理由がわからなかった。

「こればかりは獣人の本能だ。唯人には難しいな……。それに獣人は成長が早い。すぐに大きくなる。油断は禁物だ」

「ルシアン……」

子供と一緒に遊んだだけなのに、ルシアンがこんなに嫉妬するとは思いもかけないことだった。それでも獣人の本能だといわれれば、ブランシュも強くは出られない。

「私にはルシアンしか見えていないのに？」

「ブランシュ……！　おまえは私を煽る天才だな」

「え……？」

ルシアンの手が彼女のドレスにかかる。

「ルシアン、ダメっ」

さすがに避難先で身体を重ねるのはまずいと、ブランシュは彼の手を押し留めようとした。

「ここの領主とて同じ獣人だ。番がそばにいて別の部屋で夜を過ごせるはずがないことは、よくわかっているさ。ましてや他のオスの匂いをつけた番にオスがとる行動など、わかりきっている」

彼女の抵抗など歯牙にもかけず、ルシアンは再び彼女の口を己のそれで塞ぐ。

「んぐっ」

わずかに唇を離したルシアンは、ぎらぎらと目を光らせながら宣言する。

「ブランシュ、覚悟するがいい。他のオスの匂いなど、すべて俺が塗り替えてやる」

「もうっ……」

口では抗議しながらも、彼女が逆らえないことをルシアンはよく知っていた。

ルシアンはにやりと笑みを浮かべながらブランシュを抱き上げると、そっとベッドの上に横たえた。

「俺の愛を受け止めてくれ」

ルシアンの切なげな表情に、ブランシュは諦めと共に目をつぶった。

「私はあなたが好き。他の誰も目に入らないの」

「ブランシュ、好きだ」

深い口づけと、優しい愛撫(あいぶ)にブランシュはなにも考えられなくなる。

窓の外で激しい嵐に翻弄(ほんろう)される細い木々のように、ブランシュはルシアンによって一晩中翻弄(ほんろう)されることになったのだった。

NBノーチェ文庫

甘く淫らな監禁ラブ

宮廷魔導士は鎖で繋がれ溺愛される

こいなだ陽日(ようか)　イラスト：八美☆わん

価格：本体 640 円+税

宮廷魔導士・レッドバーンの弟子となった孤児のシュタル。彼に想いを寄せるけれど、告白することができない。しかしある日、媚薬が仕込まれているお茶のせいで、身体を重ねることに！　求婚もされるが、責任を感じているだけなのかもと、複雑な気持ちになる。しかし、なぜか監禁されてしまって——!?

本書は、2018年6月当社より単行本として刊行されたものに書き下ろしを加えて文庫化したものです。


この作品に対する皆様のご意見・ご感想をお待ちしております。

おハガキ・お手紙は以下の宛先にお送りください。

【宛先】

〒150-6008 東京都渋谷区恵比寿4-20-3 恵比寿ガーデンプレイスタワー8F
（株）アルファポリス　書籍感想係

メールフォームでのご意見・ご感想は右のQRコードから、
あるいは以下のワードで検索をかけてください。

ご感想はこちらから

ノーチェ文庫

獣人殿下は番の姫を閉じ込めたい

文月蓮

2020年3月5日初版発行

文庫編集－斧木悠子・宮田可南子
編集長－太田鉄平
発行者－梶本雄介
発行所－株式会社アルファポリス
〒150-6008 東京都渋谷区恵比寿4-20-3 恵比寿ガーデンプレイスタワー8F
TEL 03-6277-1601（営業）　03-6277-1602（編集）
URL https://www.alphapolis.co.jp/
発売元－株式会社星雲社（共同出版社・流通責任出版社）
〒112-0005 東京都文京区水道1-3-30
TEL 03-3868-3275
装丁・本文イラスト－佐倉ひつじ
装丁デザイン－AFTERGLOW
（レーベルフォーマットデザイン－ansyyqdesign）
印刷－中央精版印刷株式会社

価格はカバーに表示されてあります。

落丁乱丁の場合はアルファポリスまでご連絡ください。

送料は小社負担でお取り替えします。


ISBN978-4-434-26732-1 C0193